KB234968

함께 서되 너무 가까이 서지는 말라

리베르

엮은이 : 박찬영

한국외국어대학교 영어과를 졸업하고 중앙일보 기자를 지냈으며
현재 美 시사주간지 ‘Newsweek’ Korean Edition의
Assistant Editor로 있다.

감수 : 성낙수

서울대 국문과와 서울대학원을 마쳤다.
현재 평론가로 활동하면서 숭문고등학교에 재직하고 있다.

편집 : 정택진

연세대학교를 졸업하고 현재 美 시사주간지 ‘Newsweek’
Korean Edition의 기자로 있다.

함께 서되 너무 가까이 서지는 말라

2004년 1월 1일 초판 발행
엮은이 / 박찬영
펴낸이 / 성한경
발행처 / 리베르
주소 / 서울시 송파구 풍납동 508 한강극동 상가 304-3
등록번호 / 801223 - 1178223
TEL / 475-7515
FAX / 486-8770
e-mail / skyblue7410@hanmail.net

값 / 7,500원

함께 서되 너무 가까이 서지는 말라

박찬영 엮음

리베르

시는 문학의 원초적 형태이자 지향점입니다. 시는 현실 언어가 아닙니다. 시는 감정이 분출하는 상상의 언어이자 정열의 언어입니다. 시는 정신의 최면제이자 진통제입니다. 詩는 말(言)을 가지는(持) 작업입니다. 시는 원초적 창작입니다. poetry의 어원 poesis는 '만든다, 가진다'를 의미합니다. 우리는 무언가를 만듭니다. 가지기 위해서지요. 왜 가집니까. 버리기 위해서지요. 왜 버립니까. 많이 가지기 위해서지요. 왜 많이 가집니까. 많이 버리기 위해서지요.

시는 가지고 번뇌하고 버리는 이야기입니다. 시는 만나고 사랑하고 이별하는 이야기입니다. 시는 마음을 빼앗고 빼앗기는 이야기입니다. 삶의 궁극적 자리인 죽음에 도도하게 다가가는 이야기입니다. 시의 성격이 그러하다 보니 리듬을 타게 되고 적은 말로 많은 뜻을 담게 되는 것입니다.

이 세상에서 가장 아름다운 글들에는 서로를 관통하는 것이 있습니다. 그것을 엮고 싶었습니다. 세계의 명시 선정은 한국인의 애송시, 문학사적 의의도 감안했지만 무엇보다 우리의 정서에 와 닿아 감정이입이 될 수 있는 시에 중점을 두었습니다. 지금까지 세계 명시 선집이 간헐적으로 출간돼 독자들의 호응을 얻어왔지만 고정적인 내용, 고루한 디자인, 고르지 못한 번역 등 '3고'에서 헤어나지 못해 만족감을 주지 못한 것도 사실입니다. 세계의 명시 독자들에게 새로운 느낌을 전하기 위해 이번 선집은 다음 사항에 역점을 두었습니다.

첫째, 기존 번역의 오류와 어색한 표현을 번역·편집 전문가들이 바로 잡았습니다. 지금까지는 외국 시들이 생경한 번역투 언어로 인해 잘 읽혀지지 않는 측면이 있었습니다. 원시와 동등성을 획득하는 것은 어차피 불가능한 일이겠지만 기존 번역시까지 참고하며 가능한 '읽히는 시'로 옮기려고 노력했습니다.

둘째, 성적 농도가 짙은 시들이나 염세적인 시들도 다수 포함돼 있습니다. 그런 시들이 청소년들에게 어떤 영향을 줄 수도 있지 않을까하는 우려에서 삭제도 검토해 보았지만 이제 우리 독서 시장도 성숙해져야 하고 묻혀진 시들을 재조명해야 한다는 점을 고려해 오히려 적극적으로 선정했습니다. 음란 사이트, 자살 사이트 등 유해 정보들에 둘러싸인 청소년들에게는 조탁된 언어들이 오히려 정서적 정화 작용을 할 수 있다는 판단도 있었습니다.

셋째, 입체 편집을 하였습니다. 세계의 명시를 한국의 명시 혹은 세계의 명문장과 대비시키며 감상을 하는 형식을 취했습니다. 한국의 명시나 명문들과 대비시킴으로써 시적 공감도를 높이고 다양한 세계를 다양한 관점에서 바라볼 수 있도록 유도했습니다. 아울러 우리 시가 어떻게 세계 시의 영향을 받았는지도 조감할 수 있을 것입니다.

넷째, 첨부한 영시 원문과 시인 해설은 영문학도는 물론 세계의 명시를 원문으로 즐기려는 독자들의 지적 욕구에 부응할 것입니다.

세계의 명시는 누구나 잃어야 할 보석 같은 작품들입니다. 지금까지 제대로 읽히지 않았던 세계의 명시들을 '읽히는 시'로 탈바꿈시켰다고 자부하지만 부족한 부분도 많을 것으로 봅니다. 미비된 부분은 추후 보완 작업을 통해 완성된 선집이 될 수 있도록 하겠습니다.

끝으로 이 시집이 나오기까지 애써주신 리베르 출판사 임직원과 내용의 흐름을 바로잡아주신 시평론가 성낙수 선생님에게 지면을 빌려 감사드립니다.

엮은이 씀

I

우리가 숭배한 것은 바로 여신이었다

II

오늘 꺾어라 생명의 장미를

III

쾌락은 자유의 노래

IV

당신을 얼마나 사랑하느냐고요

V

함께 서되 너무 가까이 서지는 말라

VI

아무도 그대 위해 슬퍼하지 않으리

VII

세월이 가도 나는 여기 머무네

그대가 사랑하는 연인을 잃었을 때에도,

빛이 그대의 생활에서 사라졌을 때에도,

세상이 당신 앞에 길고 어두운 공포를 드리울 때에도,

그때조차 당신의 실망에는 황홀함이 절반은 섞여 있을 것이다.

'우리가 숭배한 것은 바로 여신이었다' 중에서

내게는 그 분이 신처럼 보입니다

사포

내게는 그 분이 신처럼 보입니다
당신 앞에 앉아서
당신의 달콤한 말과 사랑스런 웃음소리에
귀 기울이고 있는
그분이 내게는 신처럼 보입니다.
그 장면을 보고 있는 나는
심장이 떨려
어찌할 줄을 모르겠습니다.

그대 언뜻 바라보기만 해도
내 목소리 잠겨버려
말을 더듬는 내 영혼은 침묵하고,
신묘한 불길이 내 정맥을 통해 순식간에 흘러
나의 온 생명이 전율합니다.

눈에 비치는 것, 들리는 것 아무것도 없고
차디찬 땀이 온몸을 적시니,
풀보다 창백해진 내 모습
얼이 나가 죽은 사람 같으리니,
그렇지만 초라한 이 몸 기도하는 마음으로
감히 그대를 사랑합니다

님은 갔습니다. 아아 사랑하는 나의 님은 갔습니다.

푸른 산빛을 깨치고 단풍나무 숲을 향하여 난

작은 길을 걸어서 차마 떨치고 갔습니다.

황금의 꽃같이 굳고 빛나던 옛 맹서는

차디찬 티끌이 되어서 한숨의 미풍에 날아갔습니다.

날카로운 첫 키스의 추억은

나의 운명의 지침을 돌려놓고 뒷걸음쳐서 사라졌습니다.

나는 향기로운 님의 말소리에 귀먹고

꽃다운 님의 얼굴에 눈멀었습니다.

한용운의 '님의 침묵' 중에서

사포의 시는 너무 에로스적이라 하여 중세에는 모두 불태우라는 명령이 내려지기도 했습니다. 이 시에서는 영혼과 육체, 미각, 촉각, 시각, 청각 등 사랑에 동반되는 온갖 감정들이 온 몸의 생명력에 불을 지르며 간섭작용을 일으킵니다..당신 앞에서는 말이 나오지 않고, 귀멀고, 마침내 숨져 죽은 사람처럼 창백해지는 나의 존재가 그 분의 존재와 명료하게 대비됩니다. 신에게 기도하는 듯한 사랑, 나를 잊어버리는 사랑이라면 명상의 경지에 오른 사랑이라 보아야겠지요.
님을 보내는 한용운도 '향기로운 님의 말소리에 귀먹고 꽃다운 님의 얼굴에 눈멀었습니다'고 탄식합니다. 만해는 시집 '님의 침묵' 서문에서 "님만이 님이 아니라 기룬 것은 다 님"이라고 밝힙니다. 민족, 조국, 부처님, 절대자 어떤 대상이라도 그리운 것은 님이 되겠지요.

그대 이름 버리고 저의 모든 것 가지세요

윌리엄 셰익스피어

나의 원수인 것은 당신의 이름뿐입니다.
아, 다른 이름이 되세요!
이름에 무엇이 있나요?
장미는 다른 이름으로 불러도
여전히 향기로울 것입니다.
로미오는 로미오로 불리지 않아도
당신이 지닌 고결함은 그대로 남는 거랍니다.
로미오여, 당신의 것이 아닌 그 이름 버리고
대신 저의 모든 것을 가지세요.

내가 그의 이름을 불러 주기 전에는

그는 다만

하나의 몸짓에 지나지 않았다.

내가 그의 이름을 불러 주었을 때

그는 나에게로 와서

꽃이 되었다.

내가 그의 이름을 불러 준 것처럼

나의 이 빛깔과 향기(香氣)에 알맞은

누가 나의 이름을 불러 다오.

김춘수의 시 '꽃 중에서

로미오를 첫눈에 사랑하게 된 줄리엣이 로미오가 듣는 줄도 모르고 정원 발코니에서 로미오라는 이름을 버리라고 독백합니다. '명명(命名)' 행위는 사물의 본질을 포착해 그것을 실재적인 형상으로 표현해 내는 작업입니다. 하이데거는 언어를 '존재의 집'으로 파악했습니다. 줄리엣은 인위적인 '존재의 집'에서 벗어나 자연적인 '존재의 집'을 짓자고 합니다. 마음이 부르는 데로 쫓아가려는 줄리엣은 인간이 만들어 놓은 질서와 운명적으로 맞서게 될 것입니다. 자신의 모든 것을 던지겠다고 선언하는 것은 마치 신에게 자신을 제물로 바치는 것과 같습니다. 줄리엣이 버리라는 '로미오'는 신의 다른 이름입니다.

줄리엣은 로미오가 '다른 이름'이 되라고 요구하고 김춘수 시인은 '알맞은 이름'을 불러달라고 요구합니다.

그녀는 기쁨의 환영

애드가 앨런 포우

그녀는 기쁨의 환영이었다.
처음 내 눈에 비쳤을 때
순간을 장식하기 위해 보내진
사랑스러운 그림자였다.
눈은 저물녘 초저녁의 별처럼 아름다웠고
검은 머리카락 또한 초저녁 같았다.
그러나 다른 모든 것은
5월과 상쾌한 새벽에서 나왔다.
나타났다가 사라지고, 놀라게 하고 숨어버리는
춤추는 형상, 즐거운 영상.

더 가까이에서 본 그녀는
요정, 그렇지만 또한 여인이어라!
경쾌하고 자유로운 집안에서의 거동,
도도한 처녀의 발걸음.
달콤한 추억과 희망이
어우러진 얼굴.

인간 본성의 일용할 양식,

덧없는 슬픔, 단순한 계략,

칭찬 섞인 비난, 사랑의 입맞춤,

눈물, 그리고 미소에 어울리는,

자연스럽게 환한 피조물.

이제 나는 맑은 눈으로

그녀의 육체가 고동치는 것을 본다.

생각에 잠겨 숨쉬는 존재,

삶과 죽음 사이에 있는 길손.

굳센 이성, 절제하는 의지,

인내, 통찰력, 정신력 그리고 솜씨를 지닌,

따뜻하게 하고 위로하고 명령하라고

하느님이 고귀하게 창조하신 완벽한 여인.

그렇지만 또한 요정,

천사의 빛이 감도는 눈부신 요정이어라.

연인은 실제와는 다른 사람, 실제보다 훌륭한 사람으로 변모하게 된다. 연애라는 것은 주관적이며 우리는 현실의 사람을 사랑하는 것이 아니라 "우리들이 창조한 사람을 사랑하는 것이다"라고 프로스트가 말한 것도 그런 의미에서다. 사랑하는 사람이 좀 바보스런 말을 해도 별로 귀에 거슬리지 않고, 머리가 좀 모자라는 것도, 마음이 곱지 않은 것도 알아차리지 못한다. 그 사람과 만나고 있을 때의 즐거운 기분이 환멸로 바뀌는 일은 절대로 없다. 그것은 전적으로 주관적인 즐거움이기 때문이다

앙드레 모루아의 '사랑하는 기술' 중에서

포우의 '그녀는 기쁨의 환영'은 여성을 찬미하는 시로서 가장 아름다운 시 중의 하나로 꼽힙니다. 이 시가 있는 한 여성을 찬미하는 것이 더 이상 무슨 의미가 있을까요. 천사, 요정, 요부, 정숙한 여인, 현실적인 지혜를 지닌 여인 등 이 세상에서 생각할 수 있는 여성의 이상적인 점은 모두 그려져 있습니다. 천상과 현실의 여인을 넘나듭니다. 모자라지도 넘치지도 않는 이런 여인이 세상에 과연 있을까요. 포우의 환영 속에나 있는 것일까요.

아름다워라 그녀의 걷는 모습

조지 고든 로드 바이런

구름 한 점 없는 별이 찬란한 밤하늘처럼
그녀의 걷는 모습 아름다워라
어둠과 빛의 진수가
그녀의 얼굴과 눈에서 만나
찬연히 빛나는 한낮에도 하늘이 허락지 않는
부드러운 빛으로 무르녹는다

그늘이 한점 더 많거나 빛이 한 점 모자랐더라도,
새까만 머리카락마다 물결치는
혹은 부드럽게 얼굴을 밝혀주는
형언할 수 없는 우아함이 절반은 사라졌으리라
얼굴에 담긴 차분하고 감미로운 생각들은
그녀가 얼마나 해맑고 사랑스러운지를 말해주네

너무나 부드럽고 그윽하면서도 또렷한
저 볼과 이마 위에 번지는
매혹적인 미소, 빛나는 색조는
착하게 살아온 지난날을,
이 세상 모든 것과 화합하는 마음을,
순수한 사랑이 깃든 가슴을 말해주네.

영화 '죽은 시인의 사회' (Dead Poets Society)에서 달톤이 여학생 두 명을 동굴로 데려와 이 시를 읊어주는 장면이 나옵니다. 외적인 아름다움과 내적인 아름다움이 어우러진 완벽한 여성상을 제시한 시이지요. 바이런이 1814년 어느 날 밤 무도회에서 별 장식의 검은 상복을 입은 윌멋 부인(장차 결혼하게 될 밀뱅크의 사촌)의 아름다움과 우아함에 반해 그 다음날 아침에 이 시를 썼다고 합니다.

바이런에게 한 여자만 사랑하는 것은 형벌이었을 것입니다. 바이런은 첫사랑 메리 초워스에게 청혼하지만 다리를 전다하여 거절당합니다. 그는 이어 이복누이인 오거스타에게 이성의 감정을 느낍니다. 그의 멈출 줄 모르는 애정은 일생을 통해 지속되었지요. 복잡한 관계에서 벗어나 평화로운 가정을 꾸리길 원한 바이런은 1815년 안나 이사벨라 밀뱅크와 결혼했으나 바람기 있는 호탕한 생활로 인해 곧 이혼당하고 딸인 오거스타 애더의 양육권까지 박탈당하게 됩니다. 그 뒤 바이런은 셸리 부인의 이복동생인 클레어 클레어머트와 관계를 맺어 알레그라라는 딸을 낳았습니다. 1819년 베니스로 간 바이런은 알레산드로 구이치올리 백작의 부인인 테레사 구이치올리의 정부가 되었습니다. 베니스에 온 이후 바이런은 200명이 넘는 다양한 계층의 여자들과 관계했다고 술회했습니다.

우리가 숭배한 것은 바로 여신이었다

제롬 클랩카 제롬

우리가 사랑을 속삭이던 청춘 시절에는

어떤 고상한 행동이라도 할 마음의 준비가 되어 있지 않았던가?

사랑하는 그녀를 위해서라면

어떤 고상한 생활이라도 할 수 있지 않았던가?

우리의 사랑은 그것을 위해 죽을 수도 있었던 종교와도 같았다.

우리가 숭배한 것은 우리와 같은 하잘 것 없는 인간은 아니었다.

우리가 경의를 표한 것은 바로 여왕이었고

우리가 숭배한 것은 바로 여신이었다.

얼마나 미친 듯이 숭배했던가!

얼마나 달콤했던가 숭배한다는 것이!

아 젊은이여, 사람의 젊은 꿈이 지속되는 동안 그것을 고이 간직하오!

톰 무어가 인생에 있어서

사랑의 달콤함의 절반이나마 되는 것도 없다고 말했을 때

그가 얼마나 진실하게 노래했는지를 곧 알게 될 것이다.

사랑의 젊은 꿈이 불행을 가져올 때라도

그것은 격정적이고 낭만적인 불행이지,

나중에 뒤따르는 슬픔의 활기 없고 세속적인 고통과는 전혀 다르다.

그대가 사랑하는 연인을 잃었을 때에도,
빛이 그대의 생활에서 사라졌을 때에도,
세상이 당신 앞에 길고 어두운 공포를 드리울 때에도,
그때조차 당신의 실망에는 황홀함이 절반은 섞여 있을 것이다.
아, 저 어리석었던 나날이여, 저 어리석었던 나날이여,
우리가 사심 없고 순수했던 저 어리석었던 나날이여,
우리의 소박한 마음이 진실과 믿음과 존경으로 가득 찼던
저 어리석었던 나날이여!

육체의 아름다움으로 인해 관능적인 동시에 우아한 말로 정신적인 만족을 주는 사람이 있다. 그런 사람을 우리는 자신도 모르게 사랑하게 되고 그것을 후회하는 일은 없다. 그 사람에게 가까이 다가갈 때마다 더욱 뛰어난 사람이라고 확신하게 되며, 그 사람이 현재의 모습에서 조금도 변하지 않기를 바라게 된다. 우리에게 그 사람의 목소리는 더할 나위 없이 감미로운 노래로 들리며 과장되지 않은 말솜씨는 그대로가 완성된 최고의 시가 된다. 격의 없이 상대를 칭송할 수 있는 것은 커다란 행복이다.

앙드레 모루아의 '사랑하는 기술' 중에서

사랑의 고통 혹은 이별은 달콤한 슬픔이라는 말이 생각납니다. 모순어법(oxymoron)의 예로 흔히 인용되지요. '그대가 사랑하는 연인을 잃었을 때에도 당신의 실망에는 황홀함이 절반은 섞여 있는 것이다.' 공감하시나요. 당신에게도 여신이 있나요? 그렇다면 이제 당신의 사랑을 주저하지 마세요. 그녀를 잃더라도 당신에게 적어도 황홀함은 남습니다. 괜찮은 거래 아닙니까.

천국의 비단폭

윌리엄 버틀러 예이츠

내게 금빛과 은빛으로 수놓은
하늘의 천이 있다면,
어둠과 빛과 어스름으로 수놓은
파랗고 으스레한 검은 천이 있다면,
그 천을 그대 발밑에 깔아드리오리다
그러나 나는 가난하여 가진 것이라곤 꿈뿐이오니
내 꿈을 그대 발밑에 깔아드리오리다
사뿐히 즈려 밟으소서, 그대 내 꿈을 밟는 것이오니.

나 보기가 역겨워

가실 때에는

말없이 고이 보내 드리오리다.

영변에 약산

진달래꽃

아름 따다 가실 길에 뿌리오리다.

가시는 걸음걸음

놓인 그 꽃을

사뿐히 즈려 밟고 가시옵소서.

나 보기가 역겨워

가실 때에는

죽어도 아니 눈물 흘리오리다

김소월의 '진달래꽃'

영국에 예이츠가 있다면 우리나라에는 김소월이 있습니다. 진달래는 김소월의 꿈입니다. 예이츠는 자신의 꿈을 밟고 오기를 꿈꾸지만 김소월은 보내면서 돌아오기를 꿈꿉니다. 슬프지만 슬퍼하지 않는 것은(哀而不悲) 떠나보내지만 돌아올 것을(去者必返) 절실히 바라고 있기 때문인지도 모릅니다.

한 송이 빨간 장미

로버트 번스

내 사랑은 6월에 갓 피어난
한 송이 빨간 장미이어라
내 사랑은 곡조에 맞춰
감미롭게 연주된 멜로디이어라

나의 귀여운 아가씨여, 그대 너무나 아름다워
이렇게 못 견디게 그대 사랑하노라
나 항상 그대 사랑하리, 내 사랑아
온 바닷물이 마를 때까지

온 바닷물이 마를 때까지, 내 사랑아
바위가 태양에 녹아 없어질 때까지
나 항상 그대 사랑하리, 내 사랑아
생명의 모래가 흐를 때까지

그대여 안녕, 하나뿐인 내 사랑
잠시만 잘 있어 주오!
내 다시 올 터이니, 내 사랑아
그 길이 만리 길이라 하더라도

아름다운 애인과 한동안 헤어지면서 영원한 사랑을 다짐하는 시입니다. 훗날을 기약할 수밖에 없는 사랑처럼 애달픈 것도 없을 겁니다. 장미에 빗대어 사랑을 노래한 시 가운데 가장 많이 알려진 작품이지요. 단순하고 소박하게 느껴지지만 영국의 전통적 운율을 사용하여 이만큼 멋지게 사랑에 빠진 젊은이의 심정을 묘사한 작품은 많지 않을 것입니다. 번스는 이 시에서 단순하고 구체적인 비유를 사용해 생동감을 더하고 있습니다.

'같이'나 '처럼', '마냥' 등, 영어의 as나 like에 해당되는 표현이 사용된 경우는 직유(直喩)이고, 그렇지 않은 경우는 은유(隱喩)라고 흔히 설명합니다. 그러나 이에 대해 비평가 P. 휠라이트는 비유방법을 논하는 글에서 R. 번스의 한 구절을 보기로 들며 반대 의견을 내세웠습니다. "내 사랑은 빨간, 빨간 장미와 같아라."(O my love is like a red, red rose) 이 구절에서 like를 뺀 문장(My love is a red, red rose.)도 가능하다는 것입니다.   따라서 직유와 은유의 설명이 직접적이냐 아니냐에 따라 구분될 수는 없다는 것이지요.

당신은 세상을 직유로 이야기하면서 은유의 의미를 깔고 있는 경우는 없었습니까. 은유가 깔린 당신의 직유를 그이가 알아채지 못하는 경우는 없었습니까.

한 송이 하얀 장미

존 보일 오라일리

빨간 장미는 정열을 속삭이고
하얀 장미는 사랑을 숨쉰답니다
오, 빨간 장미는 매,
하얀 장미는 비둘기.

그러나 당신에겐 꽃잎 가장자리 불그레한
젖빛 장미꽃봉오리를 보냅니다.
가장 순수하고 가장 달콤한 사랑이
그 입술에 정열의 키스를 보냅니다.

사랑에 관한 당신의 심리를 한번 알아볼까요. 연인의 집을 가는 도중에 장미로 이루어진 숲이 있습니다. 빨간 장미와 하얀 장미가 있는데, 20송이만 꺾으라면 각각 어떻게 꺾겠습니까?

빨간 장미의 수는 당신이 연인에게 주고자 하는 마음의 수이고 하얀 장미의 수는 당신이 연인으로부터 받고자 하는 마음의 수입니다. 하얀 장미의 수가 많은 만큼 연인에 대한 기대도 커집니다. 빨간 장미는 정열을, 하얀 장미는 순결을 상징합니다. 순결만큼 큰 기대가 있을까요. 오라일리는 욕심이 많은 것 같습니다. 육체적 사랑과 정신적 사랑을 모두 원하니까요.

헤릭은 '할 수 있는 동안 장미를 모으라'고 충고합니다. 셸리는 '청춘의 영광은 다시 돌아오지 않으리'라며 비탄에 잠기지만 워즈워드는 '초원의 빛, 꽃의 영광을 되돌릴 수 없다 하더라도 뒤에 남아 있는 것에서 힘을 찾으리'라고 다짐합니다. 영화 '죽은 시인의 사회'의 주제 '카르페 디엠(Carpe diem: 현재를 즐겨라)'을 노래하는 시들을 모았습니다.

청춘의 영광 다시는 돌아오지 않으리!—비탄

퍼시 비시 셸리

오 세상이여! 인생이여, 시간이여!
이것들의 마지막 층계에 올라서서
전에 서 있던 곳 굽어보고 전율한다
그대 청춘의 영광 언제 돌아올까
다시는 오 다시는 돌아오지 않으리!

낮이나 밤이나
즐거움은 날아가 버리고
새 봄, 여름, 서리 내린 겨울이
내 연약한 가슴 슬픔으로 뒤흔들지언정
기쁨으로 설레게 하지 않네
다시는 오 다시는 돌아오지 않으리!

활동을 중지하는 데, 생각하고 행하는 네 노력을 중지하는 데는 아무런 해도 없다. 사람의 일생의 여러 가지 단계, 유년·청년·성년·노년을 생각해 보라. 이 하나하나의 변천 역시 한 죽음이나, 거기도 아무런 해가 없다. 너는 배를 타고 물을 건너 언덕에 다다랐다. 그러니 배에서 내리라! 피생(彼生)이 있다 하자, 그렇다면 거기도 신의 섭리가 있을 것이요, 영원한 망각이 있다 하자, 그렇다면 너는 적어도 오관(五官)에 사무치는 모든 고통에서 자유로울 수 있고, 무감각한 괴뢰(傀儡)와 같이 너를 이리 흔들고 저리 흔들어 놓는 모든 정욕을 해탈하고 이지(理智)의 멀고 먼 길, 육신에의 수고로운 예속에서 자유로울 수 있을 것이다.

'이양하 수필선'의 '페이터의 산문' 중에서

생각과 행동을 중지하는 데 아무런 해가 없듯
청춘이 지나간 것이라 하여
아무런 해가 없는 건가요.

돌아오지 못하는 청춘의 영광,
사무치는 슬픔이 날카로운 촉수로 가슴을 찌르는데
아무런 해가 없는 건가요.

시간만이 우리를 해탈로 이끌어
언젠가는 모든 것에서 자유로워진다 하여
인생에는 아무런 의미가 없는 건가요.

지나간 날이 삶 속의 죽음이라하여
지금 이 순간
사무치는 슬픔이 가슴을 휘감으며 뒤흔드는데
인생에는 아무런 의미가 없는 건가요.

할 수 있는 동안 장미 봉오리를 모아라

로버트 헤릭

시들기 전에 장미 봉오리를 모아라.
오래된 시간은 아직도 날고 있고
오늘 미소 짓는 바로 이 꽃도
내일이면 시들고 말리.

하늘의 찬란한 등불 태양도
더 높이 솟으면 솟을수록
더 빨리 달리면 달릴수록
석양녘에 더 가까워지리라.

청춘의 피가 뜨거웠던
시절이 가장 좋은 때.
그 시절 지나고 나면 점점 더
힘든 시절이 뒤를 따르리니.

그러니 수줍어 말고 시간을 활용하라,
할 수 있는 동안에 결혼하라.
청춘을 한번 잃고 나면,
영원히 기다려야 하리니.

영화 '죽은 시인의 사회'에서 키팅 선생이 제자들에게 전혀 기대하지 않았던
새로운 것을 가르쳐 줍니다. 바로 '카르페 디엠'(Carpe diem)입니다.

키팅: 피츠군, 자네 찬송가집 542페이지를 열고 시의 첫 연을 읽어보게.

피츠: "소녀들이여, 시간을 최선으로 이용하라" 말인가요?

키팅: 맞아, 바로 그거야. 적절하게 들리지? 그렇지 않나?

피츠: 시들기 전에 장미 봉오리를 모아라. 오래된 시간은 끊임없이 날고 있고
　　　 오늘 미소 짓는 바로 이 꽃도 내일이면 시들고 말리.

키팅: 고맙네, 피츠군. '시들기 전에 장미 봉오리를 모아라'. 이 말에 대한
　　　 라틴어는 '카르페 디엠'이다. 자, 그 뜻을 아는 사람 없나?
　　　 (믹스가 즉시 손을 든다.)

믹스: 카르페 디엠, 그건 "현재를 즐겨라"입니다.

키팅: 아주 좋아, 그런데 이름이?

믹스: 믹스입니다.

키팅: 믹스라, 또 하나의 이상한 이름이군. 현재를 즐겨라. 할 수 있는 동안
　　　 장미봉오리를 모아라. 시인은 왜 이런 말을 했을까?

찰리: 바빴기 때문입니다.

키팅: 틀렸네, 땡! (키팅은 벨이 손에 있는 것처럼 손을 친다.)

키팅: 어쨌든 나서준 것은 고맙네. 우리는 벌레의 먹이이기 때문이지, 제군들.
　　　 믿건 안 믿건 이 방에 있는 사람들은 모두 언젠가 숨이 멎고 차갑게 되고
　　　 죽을 것이기 때문이야.

오늘 꺾어라 생명의 장미를

롱사르

그대 늙었을 때 어느 날 저녁

등불 아래 난롯가에 앉아

실을 풀어 베를 짜면서

탄식하며 내 노래 부르리.

"롱사르는 노래했네. 젊은 날 아름다웠던 나를."

피곤에 지쳐 눈시울이 저도 모르게 감기던

그대의 시녀들도

불멸의 노래로 그대 찬미한 나의 영광스런 이름 들으면

깨어나지 않는 이 없으리라.

내 이미 묻혀 뼈조차 삭은 망혼 되어

미르또나무 그늘 아래 몸을 쉴 적에

그대는 노파가 되어 난롯가에 앉아

내 사랑 뿌리친 교만을 후회하리라.

진정 그대에게 말하노니 오늘을 살아라

내일을 기다리지 말고,

오늘 꺾어라, 생명의 장미를.

20세의 엘레느에게 50세를 바라보는 시인이 쓴 구애의 시입니다. 버림받은 사랑을 세월·죽음과 처절하게 대비하고 있습니다. 사랑에는 나이도, 국경도 없습니다. 괴테는 74세의 노령으로 19세의 꽃다운 처녀 레베초를 만나 열렬히 구애하였으나 이루지 못했지요. '오늘을 살아라 내일을 기다리지 말고, 오늘 꺾어라, 생명의 장미를.' 롱사르의 이름을 불멸의 것으로 만든 유명한 구절입니다.

우스개 질문 하나 할까요. 돈 많은 60세, 70세, 80세 노인이 처녀에게 구애를 합니다. 그 처녀는 누구를 선택할까요. 만약 선택한다면 80세 노인을 선택할 거라고 봅니다. 그가 가장 일찍 죽을 것이기 때문이죠. 왜 최고의 지성과 감성이 철부지 여자 아이에게 마음이 빼앗기는 걸까요.

바보, 장미를 그렇게 빨리 따다니 – 이브의 딸

크리스티나 로제티

한 낮에는 자다가
으스스한 밤
쓸쓸하고 차가운 달 아래
깨어 있는 바보
장미를 너무 빨리 따 버린 바보
백합을 꺾어 버린 바보

정원을 가꾸지 않아
시들은 채 버려져 있구나
이런 울음 울어본 적이 없다네.
여름에는 자고 있다가
이제 겨울이 되어서야 깨어 있다니.

다가올 봄과 햇볕 따스하고 달콤한
내일에 대해 당신이 뭐라고 말하건
희망이고 뭐고 다 사라졌으니
더 이상 웃음도 노래도 없이
슬픔에 잠겨 홀로 앉아 있노라

모란이 피기까지는
나는 아직 나의 봄을 기다리고 있을 테요.
모란이 뚝뚝 떨어져 버린 날,
나는 비로소 봄을 여읜 설움에 잠길 테요.
오월 어느 날, 그 하루 무덥던 날,
떨어져 누운 꽃잎마저 시들어 버리고는
천지에 모란은 자취도 없어지고,
뻗쳐오르던 내 보람 서운케 무너졌느니,
모란이 지고 말면 그뿐, 내 한 해는 다 가고 말아.
삼백 예순 날 하냥 섭섭해 우옵내다.
모란이 피기까지는
나는 아직 기다리고 있을 테요, 찬란한 슬픔의 봄을.

김영랑의 시 '모란이 피기까지는'

로제티는 늘 영혼의 순수성을 추구하면서 성녀 같은 삶을 살았지만 가슴 밑바닥 한 편에는 열정적이고 관능적인 기질, 예리한 비판적 감수성, 유쾌한 유머감각이 자리 잡고 있던 시인이었습니다. 장미를 잃고 비탄하고 있는 로제티는 혹시 김영랑의 '찬란한 슬픔의 봄'을 사무치게 그리고 있는 것은 아닐까요.
'희망이고 뭐고 다 사라졌으니'는 '뻗쳐오르던 내 보람 서운케 무너졌으니'로, '슬픔에 잠겨 홀로 앉아 있노라'는 '삼백 예순 날 하냥 섭섭해 우옵내다'로 이미지가 연결됩니다. 김영랑은 '나는 아직 기다리고 있을 테요, 찬란한 슬픔의 봄을'이라며 희망을 노래하지만 로제티는 '더 이상 웃음도, 노래도 없으니'라고 절망합니다.
희망이 사라졌다고 탄식하는 로제티가, 더 이상은 웃음도 노래도 없다고 절망하는 로제티가 내버려둔 정원은 과연 무엇일까요. 성녀에게는 가버린 시절, 돌아오지 않는 시절에 대한 회환이 누구보다 강했을 거라고 봅니다.

사랑은 지금 아니면 없는 것 – '십이야' 중에서

윌리엄 셰익스피어

오, 내 아가씨! 어디를 배회하시나요?
오! 멈춰 서서 들어보세요; 당신의 진실한 사랑이
높은 노래, 낮은 노래 다 불러 줄 테니.
더 이상 방황하지 마세요, 어여쁜 아가씨,
사랑하는 이 만나면 여행은 끝나지요.
지혜로운 사람이라면 누구나 다 알지요.

사랑이 뭐냐구요? 지금 아니면 앞으로는 없는 것
이 순간 즐거움은 이 순간 웃음을 낳지만
다가올 일은 여전히 불확실하지요.
미룬다고 좋을 건 전혀 없지요.
그러니 이리 와서 키스해줘요, 달콤한 20살 청춘이여,
젊음은 영원히 지속되진 않습니다.

대부분 사람들은 삶을 마치 경주라고 생각하는 듯해요. 목적지에 빨리 도달하려고 헉헉거리며 달리는 동안, 주변에 있는 아름다운 경치는 모두 놓쳐 버리는 거예요. 그리고 경주가 끝날 때쯤엔 자기가 너무 늙었다는 것, 목적지에 빨리 도착하는 건 별 의미가 없다는 것을 알게 되지요. 그래서 나는 길가에 주저앉아서 행복의 조각들을 하나씩 주워 모을 거예요. 아저씨, 저 같은 생각을 가진 철학자를 본 적이 있으세요?

진 웹스터의 '키다리 아저씨' 중에서

꿈은 이루어집니다. 꿈을 이루면 꿈은 사라지지만 꿈을 꾸는 그 순간은 황홀합니다. 이 순간 귓전을 속살거리는 모차르트는, 내 눈을 잡은 그녀의 도도한 걸음은 홀연 나를 멈추게 합니다. 행복의 조각들을 하나씩 주워모으세요. 미룬다고 좋아진 게 무엇이 있습니까.

푸른 스커트 빙글빙글 돌리며 – '푸른 처녀들아'

존 크로 랜섬

푸른 스커트 자락 빙글빙글 돌리며,
신학교의 탑 아래 잔디밭을 지나
늙은 선생님들의 왜곡된 강의를 들으러 가라
그러나 한 마디도 믿지는 말라.

머리를 하얀 리본으로 묶고
앞으로 일어날 일에 대해서는 더 이상 생각하지 말라
풀 위를 걸어 다니고 하늘에서 지저귀는
파랑새들처럼.

푸른 처녀들아, 퇴색하기 전에 그대들의 아름다움을 실천하라.
나는 목소리 높여 외치고 글로 알릴 터이니,
우리의 힘 다해도 결코 이뤄지지 않을 아름다움을.
아름다움은 그토록 덧없나니.

진짜 있었던 이야기 하나 들려주리라
나는 거친 입과 푸르름을 잃어버린 침침한 눈을 가진
한 여자를 알고 있다네.
완벽했던 그녀도 퇴색했다네
하지만 얼마 전까지만 해도
그녀는 그대들 가운데 어느 누구보다도 아름다웠다네.

푸른 스커트 자락, 하얀 리본은 젊음과 순수를 의미합니다. 푸른 스커트는 하얀 종아리와 아름다운 몸으로, 하얀 리본은 반짝이는 눈동자와 빨간 입술로 이미지가 연결됩니다. 푸른색은 젊음과 무한한 가능성의 상징이지요. 하지만 아름다운 당신의 몸과 빨간 입술은 머지않아 거칠어지고 퇴색하겠지요. 반짝이는 눈동자는 침침해지겠지요. 사람들은 영원히 살 것처럼, 영원히 아름다울 것처럼 서로 다투며 재산을 모으려 합니다. 사람들은 이 세상을 떠날 때 대다수가 써보지도 못한 상당한 재산들을 남깁니다. 그 재산을 모으기 위해 리피트마저 반복하는 선생님의 메마른 강의에, 거친 싸움에 인생의 많은 시간을 허비합니다. 사랑할 시간이 부족한데도 말입니다.

당신의 푸른 스커트 자락, 하얀 리본이 오늘 따라 눈부시도록 아름답습니다.

초원의 빛, 꽃의 영광을 되돌릴 수 없다 한들 어떠랴

윌리엄 워즈워드

초원의 빛이여!
꽃의 영광이여!
한때 그렇게도 찬란했던 빛이
이제 눈앞에서 영원히 사라졌다 한들 어떠리.
초원의 빛, 꽃의 영광이 어려 있던 시절을
그 어떤 것도 되돌릴 수 없다 한들 어떠리.
우리 서러워 말지니, 차라리
뒤에 남아 있는 것에서 힘을 찾으라.
지금까지 있었던, 앞으로도 영원히 있을
근원적인 공감에서,
인간의 고뇌에서 솟아나
마음을 진정시키는 생각에서,
죽음을 뚫어보는 믿음에서,
지혜로운 정신을 일깨우는 세월에서.

영화 '초원의 빛'은 1920년대, 미국 캔사스주의 작은 마을과 고등학교가 무대입니다. 잘 생긴 부잣집 소년 버드(워런 비티)는 여학생들에게 인기가 높았지만 그가 좋아하는 상대는 윌마(나탈리 우드)였습니다. 집은 가난했지만 윌마는 아름답고 착한 여학생이었습니다. 한창 혈기 넘치는 버드는 윌마와 육체적 관계를 맺고 싶어 하지만 독실한 기독교 신자이고 성에 무지했던 윌마는 이를 거부합니다. 버드는 다른 여학생과 어울리고, 상심한 윌마는 자살을 시도합니다. 윌마가 수업 시간에 워즈워드의 시 '초원의 빛'에 대한 선생님의 질문에 답한 뒤 울면서 교실을 뛰쳐나가는 장면은 명장면으로 남아있지요. 결국 버드는 윌마의 친구였던 안젤리나와 결혼합니다. 평범한 남자와 숙녀로 재회한 두 사람은 여전히 사랑하고 있음을 깨닫지만 각자의 길을 갑니다.

청순한 아름다움의 대명사 나탈리 우드와 이 영화로 소녀팬들의 우상이 된 워런 비티는 실생활에서도 염문을 뿌렸지요. 윌마의 처녀성 지키기는 결국 그녀를 신경쇠약으로 몰고 가지만 그녀의 사랑스럽고 수줍은 모습은 수많은 올드팬의 가슴을 흔들어놓았지요.

자연의 신비를 담고 있는 풀과 꽃들이 빛나보였던 시절, 그 시절은 결코 돌아오지 않습니다. 꽃의 영광은 결코 돌아오지 않습니다. 하지만 남아있는 것에서 힘을 찾는 사람은 어쩌면 더 새로워지고 더 깊어지고 더 넓어질지도 모릅니다.

오래 가지 않으리, 술과 장미의 시절은

어니스트 다우슨

오래 가지 않으리, 울음과 웃음,
사랑과 욕정과 증오는.
우리 그 문 지나고 나면
우리에게 남은 것은 하나도 없으리.

오래 가지 않으리, 술과 장미의 나날은.
어느 어렴풋한 꿈에서
우리의 길이 잠시 나타난 뒤
어느 꿈속으로 사라지리니.

이제 장미는 문을 닫았다,

나 오솔길이 끝나는 곳에서 한숨짓는다,

축제의 폭죽은 싸늘한 먼지로 사라지고

펄럭이던 혀와 술잔은 어둠의 얼룩으로 메말라 있다

흩날리는 머리칼, 웃는 얼굴들, 마음의 은밀한

기타통을 울려대던 햇살의 관능적인 손가락, 사랑은 늘

눈빛의 과녁 옆으로 미세하게 비껴나는

나비의 움직임 같은 것이었다

유하의 시 '술과 장미의 나날' 중에서

'우리의 길'은 잠시 욕정의 문을 지나 사라지는 꿈길과 같은 것입니다. 다우슨의 '사랑과 욕정과 증오의 문'은 유하의 '장미의 문'입니다. 유하의 '장미의 문'이 닫히는 문이라면 다우슨의 '사랑의 문'은 스쳐 지나가는 문입니다. '우리에게 남은 것은 없으리'는 '축제의 폭죽은 싸늘한 먼지로 사라지고'로 연결지을 수 있습니다. 33세에 요절한 다우슨은 세기말의 '비극적 세대'에 속합니다. 그는 카르페 디엠(현재를 즐겨라)을 비웃습니다. 결핵을 앓으면서도 과로와 과음에 빠졌던 그의 시에는 삶에 대한 체념과 피곤함이 짙게 배어 있습니다.

사랑을 느긋하게 하라 했건만–다시 부른 옛 노래

윌리엄 버틀러 예이츠

버드나무 정원 내려오다 내 사랑과 나는 만났지요
그녀는 눈처럼 흰 조그만 발로 버드나무 정원을 지나갔지요
그녀는 내게 느긋하게 사랑하라 했지요, 나뭇잎이 나무에서 자라듯
젊고 어리석었던 나는 그녀의 말 따르려 하지 않았지요

강가 어느 들녘에 내 사랑과 나는 서 있었지요
그녀는 눈처럼 흰 손을 나의 처진 어깨 위에 얹었지요
그녀는 내게 인생을 느긋하게 살라 했지요, 풀들이 둔덕에서 자라듯
그러나 나는 젊고 어리석었지요, 이제 눈물로 가득하네요

버드나무 정원에서 만난 그녀의 발과 손은 눈처럼 흽니다. 순백의 그녀는 영화 '초원의 빛'에 나오는 월마로, '나'는 버드로 상정해봅니다. 한창 혈기에 넘치는 버드와 처녀성을 지키려는 월마는 결국 헤어지게 되지요.

예이츠가 아일랜드 슬라이고의 밸리소데어라는 마을에서 가끔 혼자 노래 불렀던 농사는 할머니의 불완전한 옛노래를 재구성한 것이 '다시 부른 옛노래'입니다. 이로 미루어 보아 이 시는 남자의 탄식을 다루고 있지만 사실은 여자의 탄식을 다루고 있는 것은 아닐까요. 이 시의 비밀을 예이츠가 알고 있을까요, 할머니가 알고 있을까요.

천상의 목소리로 평가받고 있는 팝페라 테너 임형주가 '다시 부른 옛노래'를 'The Salley Gardens'란 제목으로 노래 부르기도 했습니다.

오 나여, 오 삶이여,

월트 휘트먼

오 나여, 오 삶이여,

이 끊임없이 반복되는 질문,

믿음 없는 사람들의 끝없는 행렬,

어리석은 자들로 가득한 도시,

영원히 자신을 질책하는 나,

(나보다 어리석은 자, 믿음 없는 자가 어디 있을까?)

허망하게 빛을 열망하는 눈들,

비천한 것들, 언제나 다시 시작되는 투쟁,

모든 것의 부족한 결과,

내 주위에 보이는, 발을 질질 끌며 걷는 지저분한 군중,

공허하고 쓸모없는 나머지 세월,

그 세월에 나도 얽매여 있노라.

오 나여, 반복되는 너무 슬픈 질문,

이 모든 것들 가운데 가치가 있는 것은 무엇인가,

오 나여, 오 삶이여?

대답은 바로 이것.

그것은 네가 지금 여기에 있다는 것,

삶이 존재하고 '자신'이 존재한다는 것,

힘찬 연극은 계속되고,

너도 시의 한 구절을 기여할 수 있다는 것.

우린 시가 아름답기 때문에 쓰고 읽는 것이 아니야. 우리는 인류의 일원이기 때문에 시를 쓰고 읽는 것이지. 그리고 인류는 정열로 가득 차 있지. 의술, 법, 상업, 공업, 이러한 것들은 훌륭한 일들이고 삶을 유지하기 위해 필요한 것들이다. 하지만 시, 아름다움, 로맨스, 사랑, 이런 것들이 우리가 살아가는 이유다.

영화 '죽은 시인의 사회' 중에서

'죽은 시인의 사회'에서 키팅 선생님이 학생들에게 '우리는 왜 사는가'에 대한 해답으로 '풀잎'의 시인 휘트먼을 인용합니다.

나를 비롯한 어리석고 믿음 없는 자들의 끝없는 행렬과 투쟁, 불만족, 남겨진 공허한 세월에 무슨 가치가 있을까요. 하지만 지금 여기에 내가 존재한다는 것은 허무도 어찌 못할 사실 아닌가요. 이 순간을 영원한 시간 속에 붙잡아둘 수 있는 것은 시, 아름다움, 로맨스 그리고 사랑 뿐입니다.

파운드는 살아 있는 자가 결국 지향해야 하는 것은 '쾌락과 게으름뿐' 이라고 결
론내립니다. 칼릴 지브란은 '쾌락은 자유의 노래' 라고 말합니다. 시인들은 환희
의 세계를 어떻게 그리고 있을까요.

Ⅲ
괘락은 자유의 노래

위험스런 향기가 갈색의 몸을 감돈다 - 고양이

보들레르

오라, 내 아름다운 고양이, 사랑에 불타는 이 가슴으로
너의 발톱을 감추고.
금은과 호박이 어우러진 황홀한 눈 속에
나로 하여금 잠기게 하라.
둥글고 매끈한 잔등과 머리를
내 손가락이 슬쩍 애무할 때,
아니 그 몸에 손이 닿아
번개가 치듯 환희에 잠길 때,
내 마음속으로 사랑하는 이의 모습을 본다.
사랑스런 동물, 너의 눈길처럼 깊고 차가워
투창인 듯 베고 쪼개는 듯한 그녀의 눈매를.
머리에서 발끝까지
날카롭고 야릇한 모습, 위험스런 향기가
갈색의 몸뚱이를 감돌고 있다.

성적 충동으로 이성이 흐려진 남자들만이 키가 작고 어깨가 좁으며 엉덩이가 크고 다리가 짧은 이 여자라는 존재를 아름답다고 말한다. 당연히 여자라는 족속은 속된 존재라고 불러야 한다. 여자들은 음악에 대해서도, 시에 대해서도, 조형미술에 대해서도 아무런 참된 감정이나 이해력이 없다. 만일 그들이 그런 능력이 있는 것처럼 행동한다면 그것은 남자들의 마음을 끌려는 의도로 꾸민 흉내일 뿐이다.

쇼펜하우어의 '여자에 대하여' 중에서

보들레르는 고양이에게서 아름다운 여자의 누드를 상상합니다. 고양이도 이렇게 에로틱해질 수 있군요. 쇼펜하우어는 여자의 몸을 마치 기형아처럼 묘사합니다. 동물의 관점에서 보면 그럴 수도 있을 것입니다. 여자의 몸은 남자의 시와 미술과 음악의 소재가 되어왔습니다. 머리 빈 기형아를 찬미하는 남자는 도대체 무엇인가요?

나의 주스를 핥아 주세요 -사과

크리스티나 로제티

제가 그리웠나요?
어서 달려와 키스해 주세요.
제 상처는 마음에 두지 마세요.
절 안아 주세요,
입 맞춰 주세요,
나의 주스를 핥아주세요,
당신을 위해 요괴의 과일에서 짜낸 과즙을.
저를 먹으세요, 마시세요, 사랑해주세요.
저의 전부를 가지세요,
저는 당신을 위해 험한 계곡 건너 왔어요,
요괴상인과도 거래를 했어요.

안 만나고 있을 때는 잘도 서는데
미치도록 그리워하고 있을 때는 잘도 서는데
막상 너를 만나 사랑을 할라치면
그놈이 말을 들어주지 않는다
야한 네 모습을 상상하며 자위행위를 할 때는 잘도 서는데
네가 직접 발가벗고 내 품에 안겨
상냥하게 물고 빨고 할퀴고 뜯고 해줘도
도무지 안 선다 말을 들어주지 않는다
이 이상한 사랑의 정체는 뭐냐
이 괴상한 아이러니의 정체는 뭐냐

마광수의 '서글픈 사랑' 중에서

의인화된 과일이 자신을 먹어달라고 요청합니다. 로제티가 '요괴 상인' 후반부에서 당신은 나를 위해 금단의 과일을 맛본 적이 있나요? 광명의 그늘에 숨은 채 젊음의 생명을 허비해야 하나요"라고 노래한 것으로 보아 그녀는 자신의 욕구를 과일을 통해 발산했을 것입니다. 영적 순결을 지키기 위해 평생 독신으로 지낸 로제티는 때로는 채우지 못한 지나간 삶을 후회했을 겁니다.

상상은 아름답습니다: 상상을 현실화할 때 아름다움은 사라집니다. 상상이 사라지기 때문입니다. 마광수의 시는 솔직합니다. 그러나 상상이 없습니다. 상상의 효능을 누구보다 잘 알고 있는 그가 있는 그대로 드러내는 것은 아이러니입니다. 상상이 없는 곳에서는 그리움이 자라지 않습니다. 사랑과 시에는 안타까움이 있어야 합니다. 억제된 안타까움이 있어야 합니다. 말 못할 안타까움이 있어야 합니다.

당신은 시처럼 사랑하고 싶지 않으세요. 그러면 옷을 입으세요. 모든 것이 드러났을 때 신비는 사라집니다. 입었으면서 벗은 것처럼 보이게 하는 기술을 익히세요. 그러면 마광수의 '서글픈 사랑'도 치유될 수 있을 겁니다.

가져볼만한 것은 쾌락과 게으름뿐

에즈라 파운드

우리 사랑과 게으름을 위해 노래하자
가져 볼만한 것 달리 없나니

많은 나라 가보았지만
삶의 의미 달리 없나니

차라리 달콤함을 즐기고 싶어라
장미 잎들이 슬픔으로 시든다 할지언정

만인의 신앙 전파하기 위해
헝가리에서 고귀한 일을 하기보다는

나태가 아무 것도 하지 않고 방치하는 게으른 상태인 반면, 느림은 삶의 매 순간을 구석구석 느끼기 위해 속도를 늦추는 '적극적 선택'이다. 그것은 자동차를 타고 달리다가 멋진 풍경을 발견한 뒤차에서 내려 천천히 걷는 것, 또는 풍요롭게 살기 위해 서재에 들어가 책을 읽는 것과 같다. 스키여행의 목적이 오직 스키만 타는 것이라면, 오가는 길이 막혔을 때 초조해 하고 여행을 망쳤다는 생각에 화를 낸다. 그런데 스키도 타고, 여행의 동반자와 즐거운 대화를 나누고, 주변 경치도 둘러보는 여유를 가진 사람이라면 어떨까. 이처럼 느림의 가치를 받아들인 사람들은 같은 상황에서도 전혀 다른 인생을 살게 된다.

피에르 쌍소의 '느리게 산다는 것의 의미' 중에서

헝가리에서 고귀한 일을 하는 것도 사랑이요, 또 다른 쾌락입니다. 삶을 구석구석 느끼는 것입니다. 인간의 그런 심리까지 상품이 되는가 봅니다. 어떤 여행사는 모험 여행, 분쟁 지역 여행 상품에 이어 빈민가를 둘러보거나 체험하는 여행 상품까지 내놓았습니다.

쾌락은 자유의 노래

칼릴 지브란

쾌락은 자유의 노래,

그러나 자유는 아니다.

그것은 그대들의 욕망이 만개한 것,

그러나 욕망의 열매는 아니다.

그것은 정상을 향해 소리치는 심연,

그러나 깊은 것도 높은 것도 아니다.

그것은 날개를 달고 있으나 갇혀 있는 것,

그러나 사방이 에워싸여 있는 공간은 아니다.

그렇다, 진실로, 쾌락은 자유의 노래다.

그래서 내 기꺼이 그대들로 하여금

마음껏 쾌락을 노래하게 하고 싶다.

그렇지만 그대들이 그 노래에 빠져

마음 잃게 하고 싶지는 않다.

모든 성교의 방법과 기술은 여자를 오르가즘에 도달하도록 만드는 기술일 뿐입니다. 즉 성교에 있어서의 남자의 쾌락이란 오로지 여자의 오르가즘의 쾌락을 통해서만 달성되는 것이며, 그에 못 미치는 모든 행위는 미완성품이며 실패작이며 불발탄일 뿐입니다. 남자의 오르가즘이란 항상 가능한 거지 뭐!

김용옥의 '건강하세요' 중에서

마르셀 프루스트는 욕망을 눌러 팽창시켜서 절망적으로 쾌락에 매달리라고 조언합니다. 여자가 오르가즘에 이를 동안은 욕망을 팽창시키는 것이 남자의 도리겠지요. 중국의 고전 성의학서 소녀경은 교접하되 사정을 억제해야 장수와 건강을 도모할 수 있다는 방중술을 소개하고 있습니다. 정상을 향해 소리치세요. 그러나 자유의 노래에 빠져 마음을 잃지는 마세요. 그건 지브란이 해줄 수 있는 게 아닙니다.

병든 장미

월리엄 블레이크

오 장미여, 그대 병들었구나!
폭풍 울부짖는
어두운 밤에 날아온
보이지 않는 벌레가

그대 침상에서
진홍빛 환희를 찾아내
은밀하고 비밀스런 사랑으로
그대 생명을 파괴하누나.

티 없는 순진함은 현실에 의해 쉬 상처 받습니다. 순백의 아름다움은 쉬 더럽혀질 수밖에 없습니다. 백지처럼 하얀 아기는 살아가면서 그 백지에 아름다운 그림만 그릴 수는 없습니다. 병들어 있는 순진한 청춘, 퇴폐적 아름다움, 생의 아이러니는 우리를 전율케 합니다. 보이지 않는 벌레의 은밀하고 어두운 사랑이 진홍빛 환희에 달라붙어 우리를 고뇌하게 합니다. 세상이 만들어 놓은 사랑의 공식, 사회와 도덕이 우리의 생명을 파괴합니다. 그 녀석은 싫다고 하는데도 계속 우리를 스토킹합니다.

입맞춤 천번 만번해도 싫증나지 않으리 –헬렌에게

조지 고든 로드 바이런

아아, 이 불타는 눈에 입맞춤을
천번 만번 하더라도 싫증나지 않으리.
내 입술 끝없는 기쁨에 잠기고 싶어라,
한 번의 입맞춤이 수십 년 지속되더라도
내 영혼은 만족하지 못하리.
입 맞추리, 그대 힘껏 껴안으리,
그 어떤 것도 내 입술을 그대 입에서 떼지 못하리.
황금빛 보리이삭의 수없는 낟알보다
더 많은 입맞춤 했다 하더라도
내 다시 입맞추리 영원토록.
우리를 떼어 놓으려는 일은 헛된 일.
이 입맞춤을 그만두라고?
아아, 절대로 절대로.

한두 번의 키스로 아름다운
사랑이라곤 하지 마세요

한두 번의 바다를 본다고 해서
묘령의 바다를 안다고 해선 안됩니다

아직 천 번도 못한 키스
천 번의 키스에도 부족합니다

한두 병의 술잔을 비웠다고
좋은 벗이라고도 마세요

손근호의 시 '천번의 키스' 중에서

바이런의 '헬렌에게'는 기원 전 1세기의 연애시인 카툴루스의 시를 모방한 연예시입니다. 기원전이든 기원후든 열정적인 사랑은 인간의 영원한 테마입니다.

키스는 아무리 자주 해도 지나침이 없는 것이라면 섹스는 얼마나 자주해야 할까요? 20~30대 부부의 성생활 횟수에 대한 통계를 보면, 결혼 1년째에는 월 평균 15회, 2년째 12회, 3년째 11회, 4~5년째 9회, 6년 이후는 6회 정도라고 합니다. 한 설에 의하면 나이대별로 20대는 2일에 1번, 30대는 3일에 한번, 40대는 4일에 1번, 50대는 5일에 1번 그리고 60대부터는 금욕을 권한다는 계산법이 있습니다. 그런데 슬픈 일은 1년에 10회 미만의 섹스리스 커플이 늘고 있다는 겁니다. 미국에서는 20%가 넘는다지요. 맞벌이부부가 늘면서 직장과 가사의 스트레스가 늘었기 때문이기도 하지만 섹스를 대체하는 성 상품이 늘었기 때문이기도 하지요. 섹스리스 커플은 현대 문명의 가장 어두운 면입니다. '말세가 가까워오고 있다'는 말은 섹스리스 현상을 말하는 것은 아닐까요. 종족 번성의 기초적 욕구가 줄어드는 것이 말세가 가까워오는 것은 아닌지요.

그대 내게 입 맞추지 않으면 –사랑의 철학

퍼시 비시 셸리

샘물은 강물과 어우러지고
강물은 바다와 어우러진다.
하늘의 바람은 영원히
달콤한 감정과 어우러진다.
세상에 홀로인 것은 없다네
만물은 신의 섭리에 따라 만나
하나의 영혼으로 어우러지는데
내가 당신과 그러지 못할 이유가 있겠는가.

보라 산은 높은 하늘과 입맞춤하고
물결도 서로 껴안나니.
누이 꽃이 아우 꽃을 경멸하면
누이 꽃은 용서받지 못하리라.
햇빛이 대지를 휘감고
달빛은 바다와 입 맞춘다.
이 모든 감미로운 것들이 무슨 소용이랴
그대 내게 입 맞추지 않으면 .

그대 내게 입 맞추지 않으면 –사랑의 철학

검은 파도는
모래를 희롱하고,
어둠은 가로등 불빛에
힘겹게 매달려 있다
내 얼굴 어둠처럼 다가갔건만
불빛이 번득이듯 고개를 돌린다.
입맞춤은 순간이었다.
느낄 수조차 없었다.

내 사람이 된 그녀는
어느 날 첫 키스 때문에
다른 사람과는 결혼할 수 없게 됐노라
고백하였다.

키스를 당했다고 이제 그 사람 외에는 결혼할 사람이 없다고 생각한 시절이 있었습니다. 이제 연인들은 서로 몸을 부대꼈어도 결혼은 별개라고 생각합니다. 말초신경은 발달할지언정 심장의 고동은 뛰지 않을 것입니다. 사랑의 철학은 마음과 몸이 하나가 되는 것입니다. 사랑하는 이를 아껴주세요. 그러면 마음과 몸이 하나가 됩니다.

산에서의 오후

빈센트 밀레이

난 태양 아래
제일 즐거운 사람!
온갖 꽃 만져봐야지
한 송이도 꺾지는 않을 거야
그윽한 눈으로
절벽과 구름을 바라보고
바람결에 풀이 고개 숙였다
다시 일어서는 것을 지켜볼 거야
그러다 저 아래 거리에서
불빛이 보이기 시작하면
나의 불빛 마음에 새겨두고
산을 내려갈 거야!

빈센트 밀레이에게 온갖 꽃은 온갖 남자로 대치될 수 있습니다. 한 송이도 꺾지 않는다는 것은 사랑하는 상대방의 생활을 존중한다는 의미로 볼 수 있습니다. 풀이 고개 숙였다 일어서는 것은 '사랑의 장면'으로 대치할 수 있습니다. 산에서의 오후는 도시의 밤으로 그대로 이어질 것입니다. 세상에서 가장 즐거운 여자의 하루는 그렇게 이어집니다.

내 입술이 어떤 입술에 키스했는지 잊었지만

빈센트 밀레이

내 입술이 어떤 입술에 키스했는지,

어디서, 왜 키스했는지,

아침이 올 때까지 내 머리 아래

누구의 팔이 놓여졌는지,

나 잊었지만,

오늘밤 빗속엔 유령들 그득하여

유리창을 두드리고 한숨 지으며

대답을 기다리네.

한밤중에 울면서 내게 다시 돌아오지 않을

잊혀진 사내들 때문에

내 마음 속에 은밀한 고통 몸부림치네.

그렇게 한 겨울에 서있는 외로운 나무는

어떤 새들이 한 마리씩 사라졌는지는 모르지만

가지에는 이전보다 더한 침묵이 흐른다는 것은 안다네.

어떤 사랑들이 오고 갔는지 나는 말할 수는 없지만,

내 속에서 잠시 여름이 노래했으나

이제 더 이상 노래하지 않는다는 것을 나는 알고 있다네.

밀레이는 수많은 사내들과의 정사 후 느끼는 허탈감과 오랜 시간이 지난 후에 밀려오는 고독과 상실을 노래하고 있습니다. 여자는 천사와 악마, 어머니와 계집아이, 시어머니와 며느리, 공작부인과 창녀, 그런 야누스적인 존재인지도 모릅니다. 그렇지만 시인들은 천사를, 어머니를, 공작부인을 노래하지요. 어쨌든 사랑에는 배신이란 없다고 믿습니다. 배신이란 사랑하지 않았다는 결정적인 증거이니까요. 카사노바의 사랑을 우리는 배신이라고 말하지 않습니다.

재 같은 나날들

빈센트 밀레이

사랑이 나를 두고 떠나간 뒤 똑같은 나날만 이어지네
나는 먹어야 하고 그리고 잠을 잘 것이다, 차라리 밤이었으면!
아, 하지만, 깬 채로 누워 시계가 느릿느릿 울리는 것을 듣는다
차라리 다시 낮이라면 —황혼이 가까운 낮이라면!

사랑이 나를 두고 떠나간 뒤 나는 어찌해야 할지 모르겠네
이것 또는 저것 또는 무엇이 됐건, 모든 것이 내게는 마찬가지.
그렇지만 내가 시작한 모든 일을 끝내지도 못하고 그만두네.
내 눈에 보이는 어느 것도 소용이 없구나.

사랑은 떠나고 나는 남았다,
이웃 사람들이 문을 두드리고 뭔가 빌려간다
그리고 삶은 쥐가 갉작대듯이 영원히 이어진다
그리고 내일, 내일, 내일, 또 내일
이 작은 거리 이 작은 집이 있다.

대담할 정도로 솔직한 관능적 표현을 구사한 빈센트 밀레이는 자기 시대의 정신에 걸맞은 새로운 자유와 모럴을 생활 속에서 실천하며 산 여류시인으로 유명합니다. 그녀는 마치 한 사람만을 사랑하는 것이 형벌이라도 되는 듯이 수많은 남성과 은밀함을 즐겼습니다. 남자가 떠난 뒤 그녀는 무료한 일상으로 돌아갑니다. '차라리 밤이었으면' 이라고 말하다가 밤이 되면 '차라리 다시 낮이라면' 이라고 말합니다. 이 구절은 그녀의 감정을 완벽하게 대변하고 있습니다. 예술과 사랑에 대한 갈구로 넘친 그녀에게 사랑이 없다는 것은 죽음이나 다름없었겠지요. 남자와 사랑은 그녀의 힘이었습니다. 사랑이 없을 때 사람은 무력해집니다. 기형도 시인은 '질투는 나의 힘' 이라고 했습니다. 당신의 힘은 무엇입니까?

사랑을 하게 되면
우리는 하찮은 풀도 사랑하게 된다
그리고 헛간도, 가로등도
그리고 밤새 발길 끊긴 작은 중심가도.

그대 날 사랑해야 한다면

엘리자베스 배럿 브라우닝

그대 날 사랑해야 한다면 아무런 바람 없이
사랑을 위해서만 사랑해 주세요.
"그녀의 미소와 미모, 부드러운 말씨 때문에,
내 생각과 잘 어울리는 재치 있는 생각 때문에,
그런 날엔 편안한 즐거움을 느꼈기 때문에
그녀를 사랑한다"고 말하진 마세요.
사랑하는 이여 이런 것들은 스스로 변하거나
그대 때문에 변할 수도 있답니다.
그렇게 수놓은 사랑은
그렇게 풀어질 수도 있답니다.
내 뺨의 눈물을 닦아주는
그대의 애정 어린 연민으로도 날 사랑하진 마세요.
오랫동안 그대의 위안을 받았던 사람은
우는 것을 잊게 되고
그로 인해 그대 사랑을 잃게 될지도 모르니까요.
사랑을 위해서만 사랑해 주세요.
언제까지나 그대 사랑 지속될 수 있도록
사랑의 영원을 통해.

피타고라스는 만물은 수로 이뤄져 있다고 했습니다. 심오한 사상을 굳이 들추지 않아도 현실 세계에서조차 그럴 수도 있겠다는 생각이 듭니다. 초등학교, 중등학교에서는 성적이 우리 아이의 가치를 측정합니다. 대학 입학도 획득한 숫자(입학 성적)에 의해 결정됩니다. 중매 결혼의 경우 우선 키, 재산, 학벌 등이 중요 기준이 됩니다. 건강 진단서를 요구하기도 하는데 이 역시 숫자로 채워져 있습니다. 상대방이 어떤 집에 사는지 알기 위해서는 어느 동네에서, 몇 평짜리 아파트(혹은 집)에 사는지 물어보면 그만입니다. 그 집에서 장미를 기르는지 주변에 시냇물이 흐르는지는 별 의미가 없습니다.

결국 인간도 숫자로 이뤄져 있나요. 미소와 미모가 몇 개나 있는지, 재치 있는 생각의 양은 얼마인지에 따라 남녀의 거래 기준이 정해지나요.

당신을 얼마나 사랑하느냐고요?

엘리자베스 배럿 브라우닝

당신을 얼마나 사랑하느냐고요? 헤아려 볼까요.
존재와 이상적인 우아함의 보이지 않는 끝자락을
내 영혼이 더듬어 찾을 때 그것이 도달할 수 있는
깊이와 폭과 높이만큼 당신을 사랑합니다.
햇빛과 촛불 아래 일상의 그지없이 조용한
필요에 따르듯이 당신을 사랑합니다.
당신을 자유롭게 사랑합니다, 올바름을 위해 애쓰는 사람들처럼.
당신을 순수하게 사랑합니다, 칭찬을 외면하는 사람들처럼.
지난날 슬픔에 쏟았던 격정과
어린 날의 신앙으로 당신을 사랑합니다.
놓쳐버린 성자들과 함께 잃어버렸을지도 모를 사랑으로
당신을 사랑합니다.
내 모든 삶의 숨결과 미소와 눈물로
당신을 사랑합니다!
그리고 하느님이 선택하신다면
죽고 난 뒤에도 당신을 더욱더 사랑할 겁니다.

브라우닝은 이 시로 '진실한 사랑에 대한 열망을 담은 여성의 글로서 이보다 더 아름답고 우아한 시가 없다'는 극찬을 받았습니다.

"넌 가끔가다 내 생각을 하지 난 가끔가다 딴 생각을 해." "손끝으로 원을 그려봐 네가 그릴 수 있는 한 크게, 그걸 뺀 만큼 널 사랑해." 원태연 시인은 사랑을 명료하게 헤아립니다. 명료한 만큼 감정이입의 실체가 없습니다. 원태연의 사랑방정식이 왜 브라우닝의 시와 갑자기 비교가 되는 걸까요.

그대와 사랑에 빠졌을 때

앨프리드 에드워드 하우스먼

오, 그대와 사랑에 빠졌을 때
그때 나는 깨끗하고 용감했었답니다
주변 멀리서도 놀라워했지요
정말 행동이 반듯했지요.

이제 사랑의 환상 지나가
남아 있는 것 아무 것도 없게 되리니
주변에서 사람들은 말하겠지요
내가 다시 완전히 평상시의 내가 되었다고

연애를 하느라 주위 사람들과
사이가 나빠지고 일도 손에 잡히지 않고
무책임한 자세로 되어버린다면
그 연애는 진짜가 아니다.
사랑을 하기 때문에
생명이 생동감 넘치게 약동하고
일에도 의욕이 느껴져서
주위 사람들로부터도
더욱더 친근감을 갖게 되어야
그 사랑은
진짜라고 할 수 있을 것이다.

이케다 다이사쿠의 '잠언집' 중에서

연애를 하게 되면 당신은 이렇게 변합니다. 복장이 단정해집니다. 발걸음이 경쾌해집니다. 늘 가슴이 뜁니다. 주변 사람에게도 친절해집니다. 생명력이 약동합니다. 일도 즐거워집니다. 일이 짜증난다고요? 공부가 하기 싫다고요? 그러면 당신은 진짜 사랑을 하고 있지 않습니다. 일과 공부는 사랑을 위해 있습니다. 마음에 품고 있는 사람과의 사랑을 미루지 마세요. 세상을 당장 즐거운 곳으로 바꾸세요. 당신의 생활은 당신의 사랑이 얼마나 깊은지의 척도입니다.

사랑을 하게 되면

로버트 블라이

사랑을 하게 되면
우리는 하찮은 풀도 사랑하게 된다
그리고 헛간도, 가로등도
그리고 밤새 발길 끊긴 작은 중심가도.

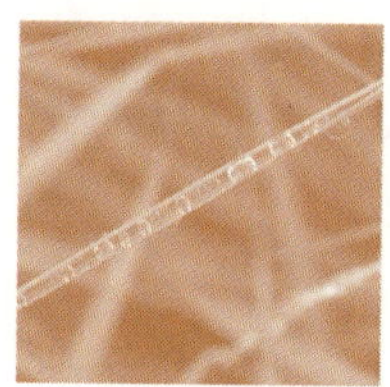

대다수 사람은 자신들이 사랑하는 사람 외에는 아무도 사랑하지 않을 때 사랑의 강렬함을 증명할 수 있다고 믿는다. 그것은 잘못된 생각이다. 만일 어떤 사람이 다른 한 사람만 사랑하고 다른 모든 사람에게 무관심하다면 그의 사랑은 사랑이 아니라 확대된 이기주의다. 내가 한 사람을 진짜 사랑한다면 나는 모든 사람들을 사랑하고 세계를 사랑하고, 삶을 사랑하게 된다. 만일 내가 어떤 사람에게 '나는 당신을 사랑한다'고 말할 수 있다면 '나는 당신을 통해 모든 사람을 사랑하고 당신을 통해 세계를 사랑하고 당신을 통해 나 자신도 사랑한다'고 말할 수 있어야 한다.

에리히 프롬의 '사랑의 기술' 중에서

진짜 연애를 하면 모든 것을 사랑할 줄 알게 됩니다. 한 사람에 대한 진정한 사랑이 형제애, 모성애, 인류애로 이어집니다. 사랑의 힘은 참으로 위대합니다.

모든 것을 사랑하라

표도르 도스토예프스키

모든 잎사귀를 사랑하라.

모든 동물과 풀들을 사랑하라.

그 모든 것을 사랑하라.

그대 앞에 떨어지는

한 가닥 빗줄기조차도.

그대가 모든 것을 사랑할 수 있게 되면

모든 것 속에 담긴 신비도 보게 되리라.

그대가 모든 것 속에 담긴 신비를 보게 되면

날마다 모든 것을 더 잘 이해하리라.

그리고 마침내 모든 것을 받아들이고

그대 자신과 세상 전체를 사랑하게 되리라.

"아저씨, 아무리 징그러운 것이라도 모든 동물에겐, 이 세상에 있을 만한 훌륭한 이유가 있는 거죠? 모든 것이 나름대로의 값어치가 있고 또 모두가 하느님이 주신 임무를 수행하고 있는 거죠?"

J.H. 파브르 '파브르의 곤충 이야기' 중에서

토끼가 그 나름의 존재 이유가 있다 하여 호랑이에게 잡아먹히는 것이 잘못됐다 할 수 없을 것입니다. 호랑이가 자기 존재를 위해 할 일은 토끼를 잡아먹는 것입니다. 그런 이유로 우리는 토끼도, 호랑이도 잡습니다. 한쪽에서는 동물애호운동을 벌이면서 말입니다. 세상은 원래 모순투성입니다. 우리는 사랑이라는 이름으로 모순을 감추려 듭니다. 사랑의 종교가 전쟁과 살육을 정당화합니다. 당신의 아름다운 사랑도 토끼의 관점에서, 호랑이의 관점에서 보면 아무런 의미가 없는 것입니다. 당신의 아름다운 사랑도 당신에게 애인을 빼앗긴 사람의 관점에서 보면 용납할 수 없는 일입니다. 당신의 사랑이 누군가를 치명적으로 죽이고 있지는 않나요? 모든 잎사귀를, 모든 동물과 풀을.

꽃에 머리 기울였을 때 당신 소리 들었어요 –전화

로버트 프로스트

오늘 여기로부터
제가 걸을 수 있는 만큼 멀리 갔을 때
주위의 모든 것이 숨을 숙인
정적의 순간이 있었어요.
꽃에 머리를 기울였을 때
나는 들었답니다 당신이 말하는 것을.
그럴 리 없다고 말하지는 마세요
당신 목소리를 들었으니까요
당신은 창문 위에 놓인 꽃에 대고 말씀하셨죠
당신이 무슨 말을 하셨는지 기억하시나요?
먼저 말해주세요 당신이 무슨 소리를 들었다고 생각했는지.
꽃을 발견하고 벌 한 마리를 날려 보내고
나는 귀를 기울였답니다.
꽃줄기를 붙잡고
저는 들었어요, 그 말을 들었다고 생각했지요–
무슨 말이었지요? 내 이름을 부르셨나요?
아니면 뭐라고 말씀하셨더라–
누군가 말했어요 "이리 오시오–"
몸을 숙이는데 그 말이 들렸답니다.
제가 그렇게 생각했을지도 모르지만,
큰 소리는 아니었어요.
저, 그래서 제가 왔어요.

여자가 밖으로 하릴없이 길을 나섭니다(말투로 보아 여자가 밖에 있는 것 같습니다. 남자라도 상관없습니다). 남자는 집에 있습니다. 두 사람은 연인일 것입니다. 날씨는 화창합니다. 주위가 고요해졌습니다. 그녀는 어떤 파동의 메시지(텔레파시)를 받은 것 같습니다. 그녀는 꽃이란 수화기를 통해 무슨 소리를 듣습니다. 남자의 행동까지 마치 옆에서 본 것처럼 말합니다. 정적은 남자 생각으로 가득 찬 여자가 남자의 목소리도 듣고 행동도 보게 했습니다. "음, 그래서 제가 왔어요" 여자는 그리움을 현재화합니다.

자연은 말이 없는 가운데 대화를 합니다. 멀리서도 대화를 합니다. 우리도 자연이었을 때는 그랬겠지요. 그러나 이제는 말로도 생각을 제대로 전달하지 못합니다. 말이 오히려 오해를 낳기도 합니다. 우리는 "미안합니다" "감사합니다"라는 말을 하지 않으면 무례하다는 소리를 듣습니다. 남을 발을 밟았을 때 당연히 미안한 것이고, 발을 밟힌 사람은 '아, 상대가 미안해하겠구나'라는 생각이 들 겁니다. 사실은 미안하다는 말이 필요 없겠지요. '러브스토리'에서 제니가 올리브에게 "사랑은 미안하다는 말을 하는 게 아니에요"(Love means never having to say you're sorry.)라고 말합니다. 미안하다는 말은 모르는 사람에게는 필요하겠지만 사랑하는 사람에게는 불필요한 말이지요.

지금 누가 당신을 부르고 있는지 고요히 귀 기울여 보세요. 그러면 그의 목소리가 들릴 겁니다. 아니 당신이 그에게 고요히 말을 걸어보세요. 혹시 그가 당신에게 오고 있는지 알 수 없지요.

밤에는 천개의 눈이 있고

프랜시스 W. 부르디옹

밤은 천 개의 눈을 가지고 있고
낮은 오직 하나만 가지고 있다.
그러나 밝은 세상의 빛은 사라지고 만다
지는 해와 함께.

정신은 천 개의 눈을 가지고 있고
가슴은 오직 하나만 가지고 있다.
하지만 온 생명의 빛은 사라지고 만다
사랑이 다할 때.

누군가를 사랑한다는 것은
마음속에 그 사람이 가득 차 오는 것입니다.
누군가를 사랑한다는 것은
나를 버리고 그를 따라 나서는 것입니다.

용혜원의 '지금 이 순간 널 사랑하고 싶다' 중에서

하늘의 별은 밤을 장식하는 천개의 눈, 해는 낮을 두루 비추는 하나의 눈. 별은 이성이요, 해는 감성입니다. 지적인 정신은 많은 곳에 마음을 쓸 수 있지만 감성적인 마음은 오직 하나에 몰두합니다.

사랑은 세상 마지막 순간까지

윌리엄 세익스피어

진실한 사람들의 결혼에
장애물이 있다는 것을 저는 인정할 수 없습니다.
마음이 변할 이유를 찾았다 하여 변해버린다면,
또 다른 곳으로 마음이 옮겨간다면,
그 사랑은 사랑이 아닙니다.
사랑은 언제나 그 자리를 지키는 지표입니다,
폭풍우를 바라보면서도 결코 흔들리지 않지요.
사랑은 떠도는 배들에게는 별과 같습니다,
별의 높이는 알 수 있지만 그 가치는 알 수가 없지요.
사랑은 시간에 속지 않습니다,
붉은 입술과 뺨은 시간의 낫에 베어지겠지요.
사랑은 덧없는 세월에 따라 변하지 않고
세상 마지막 순간까지 참아냅니다.
이것은 잘못이라면 그리고 내게 그것을 증명해 보인다면
나는 시를 쓴 적이 없는 셈이며
어느 누구도 사랑한 적이 없는 셈입니다.

사랑은 세상 마지막 순간까지

세상에 태어나
단 한 사람밖에 사랑할 수 없다면
그것은 죄악이다
비밀이 순수가 아니고
사랑의 보람이 아닌 담에야
저 마음 한 구석 응어리처럼 박혀 있는
그 구속은 어찌하란 말인가

서주홍의 시 '자유' 중에서

사랑은 흔들리지 않는 지표입니다. 결혼은 일반적인 약속처럼 두 사람 사이에서만 아이를 가지자는 계약입니다. 계약을 어기는 것은 배신입니다. 다른 사람을 사랑하는 것은 용서할 수 있으되 다른 사람의 아이를 가지는 것은 용서할 수 없습니다.
집을 지었다 하여 그 집을 내팽개쳐 놓으면 지저분해지거나 허물어집니다. 끊임없이 구애해야 합니다. 그녀가 내 아내일지라도 내가 아니기 때문입니다. 아내에게, 애인에게 늘 집 단장을 해주세요.

사랑은 자유입니다.
사랑은 선택입니다.
사랑은 질투입니다.
사랑은 낭만입니다.

결혼은 구속입니다.
결혼은 의무입니다.
결혼은 인내입니다.
결혼도 낭만입니다.

사랑하는 이에게 시간은

헨리 밴 다이크

시간은
기다리는 자에게는 너무 느리고
걱정하는 자에게는 너무 빠르고
슬퍼하는 자에게는 너무 길고
기뻐하는 자에게는 너무 짧다
그러나 사랑하는 자에게는
그렇지 않다

행복한 연인들이 벌이는 빛나는 욕망의 제전은 멋진 한여름의 나날들에 비유할 수 있다. 감미로운 행복감에 젖게 해주는 태양빛, 비로 쓴 것처럼 맑게 갠 하늘. 이 하늘이 언제고 다시 흐려지리라는 것은 상상조차 할 수 없다. 들판에 엎혀 있는 초라한 마을마저 밝은 빛을 안고 있는 환상적인 신기루처럼 모습을 바꾼다. 이렇게 아름다운 나날, 그 매혹적인 추억 그리고 언젠가 또다시 이런 날들이 오기를 기대하는 마음, 그런 것들이 있기 때문에 몇 개월 동안 몰아치는 태풍을 참고 견뎌내는 힘과 용기가 생겨나는 것이다. 그러나 여름과 욕망은 자연이 정해 놓은 한계 이상으로 계속되지 않는다. 그렇기 때문에 우리는 또한 회색빛 하늘과 안개 자욱한 가을 그리고 차가운 겨울의 긴긴 밤마저도 사랑하는 일을 배우지 않으면 안 된다.

앙드레 모루아의 '사랑하는 기술' 중에서

연인에게는 시간의 상대성 원리가 적용되지 않습니다. 행복한 연인은 맑게 갠 하늘이 다시 흐려지리라는 것은 상상조차 하지 못합니다. 차가운 겨울의 긴긴 밤이 오면 그 마저도 사랑하게 됩니다.

함께 서되, 너무 가까이 서지는 말라.
사원의 기둥들도 따로 떨어져 서 있으며,
참나무와 삼나무도 서로의 그늘 속에선 자랄 수 없나니.

칼릴 지브란의 '결혼에 대하여' 중에서

V

함께 서되 너무 가까이 서지는 말라

어느 인생의 사랑

로버트 브라우닝

그녀를 찾아

방에서 방으로

우리 두 사람이 살고 있는 집안을

구석구석 둘러본다

내 마음아 불안해 할 건 없다

그녀를 곧 찾게 될 터이니

여기 있구나! 그러나 커튼에 남겨진 그녀의 고뇌,

침상에 감도는 향수 내음!

벽의 꽃 장식도 그녀의 손이 스치자

다시금 피어나는구나

거울은 그녀의 옷 날개 흐름 따라 반짝인다

여자는 장난삼아 남자에게서 사라진 것일까요? 사랑의 고뇌 때문에 사라진 것일까요. 남자는 갑자기 모습을 감춘 여자를 애타게 찾습니다. 창을 감싸는 커튼은 여자의 고뇌를 어루만져주지요. 잠자리에는 향수 내음이 감돌고, 벽 장식 꽃송이마저 다시 피어나고 거울마저 그녀의 매무새를 비칩니다. 여자는 남자의 마음을 고차원적으로 다루는 것 같군요. 뭔가 극적인 장면이 이어질 것처럼 보이지 않습니까.

엘리자베스 배럿 브라우닝은 8세 때 그리스어로 호메로스를 읽고 14세에 첫 시를 발표한 조숙한 천재였습니다. 병상에 누워 있을 때 6세 연하의 시인 로버트 브라우닝과 편지로 사귀면서 사랑에 빠졌으나 부모의 반대에 부닥쳐 결혼한 뒤 몰래 이탈리아로 달아납니다. 그 뒤 15년 동안 이탈리아에서 살면서 남편과 함께 시작에 몰두하지요. 엘리자베스 배럿 브라우닝과 로버트 브라우닝의 연애는 영문학사상 가장 아름다운 로맨스로 알려져 있습니다.

사소한 것들

예반

당신은 거울에서
어제는 없던 주름을 보고 있어요,
머리카락 몇 개가 흰색으로 변한 것도.
당신은 나를 초조한 눈길로 돌아보며
내가 그런 '사소한 것들'을
눈치챘을까봐
걱정스러워 하는군요.

당신이 잠들어 눈을 감았을 때
당신 옆에 누워
당신이 내 머리를 쓸어주던 손길과
내 재킷을 받아 걸기 전에
가슴 가까이 갖다대던 모습을
떠올렸지요.
손을 뻗어 당신의 손을 잡았습니다.
그리고 세상 사람이 지금까지 알고 있는
모든 사랑을 담아
당신 손을 내 입술에 갖다댑니다.
그래요.
나는 그런 '사소한 것들'을 눈치챘어요.

세월의 흐름, 새로 발견한 흰 머리카락, 주름살… 아름답던 당신도 세월의 흐름은 비껴가지 못하는군요. 내 머리카락을 부드럽게 쓸어주던 당신의 손길, 내 옷을 살포시 가슴 가까이 갖다 대던 당신의 모습, 이런 사소한 것들이 가슴 속 깊이 전달됩니다. 세월이 연마한 사소한 것들은 세월 따라 깊어지는 사랑의 징표겠지요. 지난날의 사소한 것들이 가슴 깊이 스며들 때 우리를 갈라놓을 수 있는 것이 무엇이 있을까요. 소중한 사랑의 손길, 발길, 눈길 어느 것 하나 놓치지 마세요. 사랑은 작은 것에서 사무치게 다가옵니다.

당신은 울고 있었다

조지 고든 로드 바이런

당신은 울고 있었다.
파란 눈에서 빛나는 눈물방울이
흘러내렸다.
그때 제비꽃이
이슬을 머금고 있는 것 같았다.

당신은 웃고 있었다.
사파이어 보석이 당신 곁에서 빛을 잃었다.
당신의 반짝이는 눈동자와 비할 것은
아무것도 없었다.

저 먼 태양으로부터
깊고도 부드러운 노을이
구름 속으로 스며들 때
저녁 그림자는 드리우고,

그 영롱한 빛을
하늘에서 씻어 낼 길 없듯이
당신의 미소는
우울한 내 마음에
맑고 깨끗한 기쁨을 주고,
그 태양 같은 빛은
타오르는 불꽃처럼
내 가슴속에서 찬연히 빛난다.

제비꽃·사파이어 보석이 여인의 눈물·웃음과 대비되며 우아하고 섬세한 이미지의 결정을 이루고 있습니다. 소리 없이 눈물을 흘리는 여인 앞에서 흔들리지 않는 남자는 드물 것입니다. 울음을 멈춘 여인의 정화된 미소에 흔들리지 않는 남자도 드물 것입니다. '제비꽃이 이슬을 머금고 있는 듯하다', '사파이어 보석이 당신 곁에서 빛을 잃었다'는 아름다운 표현이 눈에 스며드는 듯 생생합니다.

김현승은 '눈물'에서 꽃과 열매를 눈물·웃음과 대비합니다. 흔히 교과서에서는 눈물은 삶의 고뇌와 시련을 거쳐 도달한 정화된 영혼을, 웃음은 덧없는 인생의 즐거움을 뜻한다고 설명돼 있습니다. 뭔가 도식적 설명이라는 느낌을 지울 수가 없군요.

아름다운 나무의 꽃이 시듦을 보시고
열매를 맺게 하신 당신은,

나의 웃음을 만드신 후에
새로이 나의 눈물을 지어 주시다.

김현승의 '눈물' 중에서

남자의 마음을 돌리는 유일한 방법

피비 캐어리

사랑스런 여자가 부탁을 해도
남자가 응하지 않는 것을 뒤늦게 알게 될 때
어떤 세속적 상황이 그녀를
결국 실망에서 구해줄 수 있을까?

남자의 마음을 돌리는 유일한 방법,
마지막으로 시도해볼 수 있는 실험은
그가 남편이든 애인이든
감정을 가진 사람이라면, 우는 것이다!

남자의 마음을 돌리는 또 다른 방법을 소개합니다.

중년의 맹트농 부인이 미모의 연적을 제치고 어떻게 루이 14세의 마음을 차지했을까. 남자는 좋아하는 여인이 노여움이나 질투로 미친 듯 날뛰는 것을 참는다. 그러나 대다수 남성은 지극히 평화주의자다. 밝고 거드름 피우지 않는 다정한 여성에게는 꼼짝없이 넘어가는 법이다. 격정의 태풍에 휘말려 피곤함을 느끼던 왕에게 그녀는 휴식의 사자로 나타났던 것이다. 또 그녀는 왕과 대신들이 하는 대화를 주의 깊게 듣고 적절한 의견을 말했다. 참으로 지혜로운 행동이 아닐 수 없다. 남자란 이 세상 무엇보다도, 사랑하는 여자보다도 자기 일을 더 사랑한다.

앙드레 모루아의 '사랑하는 기술' 중에서

내겐 장미 대신 리무진 보내는 이는 없나

도로시 파커

우리가 만난 뒤 그가 보낸 단 한송이 꽃
참으로 다정스런 심부름꾼을 그는 골랐구나.
순수하고, 향기로운 이슬 머금은
완벽한 한 송이 장미.

그 작은 꽃에 담긴 전언을 나는 알았네
"제 가냘픈 잎이 그의 마음 감싸고 있어요"
사랑이 오랫동안 부적으로 삼아 왔던
완벽한 한 송이 장미.

내게 완벽한 리무진 한 대 보내는
사람은 왜 없을까?
아, 아니지, 완벽한 장미나 받는 것이
언제나 내 팔자인 것을.

상품처럼 돼지처럼 사고 팔고 할 수 있는 성의 시장은
이제 더 이상 성은
성스러운 것이 아니라네
자본주의에는 성역이 없다네 범하지 못할
안방의 성도 실은 매매결혼 때 계약한
성의 공유에 대한 합의일 뿐이라네.

김남주의 시 '성에 대하여' 중에서

사랑은 장미꽃만으로 되는 것은 아닌가 봅니다. 누구든 장미꽃과 리무진을 모두 받고 싶겠지요. 돌처럼 굳어진 마음을 황금 망치로 깰 수 있을까요.

사랑이 모든 게 아녜요

빈센트 밀레이

사랑이 모든 것은 아니에요, 고기도 음료수도 아니에요.
깊은 잠도, 비를 막아주는 지붕도 아니에요.
가라앉았다 치솟고 가라앉았다 치솟고 다시 가라앉는,
남자들을 구할 통나무도 아니지요.
사랑은 굳어버린 폐에 숨결을 채워주지도,
피를 깨끗하게 하지도, 부러진 뼈를 맞추지도 못하지요.
하지만 수많은 남자들이 내가 이 말을 하는 순간에도
오직 사랑에 목말라 죽음과 벗하려 하는군요.
나도 힘든 시간에는 고통에 못 박혀
그걸 벗어나려고 신음하면서
결심의 힘이 꺾일 정도로 결핍의 괴로움에 시달리면
평온을 찾기 위해 당신 사랑을 팔거나
이 밤의 추억을 먹을 것과 바꾸고 싶은 심정이 들지도 모르지요.
그러리라고 생각하지는 않지만.

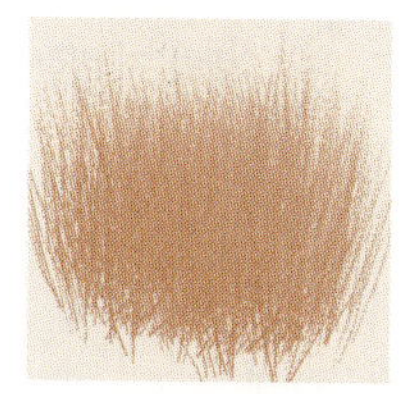

사랑은 먹을 것도 아니고 마실 것도 아니고, 비를 막아 주지도 못하고, 익사하는 남자를 구하지도 못합니다. 사랑에 실용적인 면은 없군요. 결핍에 고통을 당하면 사랑을 먹을 것과 바꾸고 싶은 생각이 들 수도 있겠지요. 사랑을 유지하려면 먹을 것과 마실 것, 비를 막아줄 지붕이 필요하지요. 돈만 있으면 얼마든지 사랑을 만들 수도 있지요. 돈으로 만든 사랑은 돈이 없으면 반드시 사라집니다.

장미의 시인 릴케는 장미 가시에 찔려 파상풍으로 사망했지요. 인간의 정신은 장미 가시로 인한 조그만 고통에도 피폐해집니다. 이렇듯 인간의 사랑은 조그만 물질적 결핍에도 무너질 수 있습니다. 남자가 가장 관심을 갖는 것은 자신의 일입니다. 그 다음이 사랑이지요. 자신의 일이 있어야, 즉 돈벌이가 있어야 사랑도 얻을 수 있고 유지할 수 있다는 것을 본능적으로 알기 때문이죠. 돈이 없을 때는 사랑의 결실인 결혼도 미루게 되거나 아예 불가능해지기도 합니다. 어쨌든 사랑의 힘이 가장 큽니다. 사랑이 열심히 돈을 벌도록 유도하니까요.

여자가 남자의 마음을 끄는 방법을 하나 가르쳐 드릴까요. 남자가 받고자 하는 것을 립 서비스만 하면 됩니다. 허풍선이 남자가 하는 일 혹은 관심을 갖는 일을 찬미하고 찬성하고 격려하고 신뢰하세요. 그리고 당신의 의견도 말하세요. 그리고 감사하세요. 당신을 대화가 되는 동반자로 느낄 것입니다. 안 생긴 여자가 생긴 남자와 잘 사는 경우가 많습니다. 그 비결은 과연 무엇일까요?

그(녀)를 진정으로 사랑하세요. 사랑은 자기 최면입니다. 사랑은 먹을 것과 멋진 집은 물론 건강도 가져다주는 원동력입니다.

처음 본 당신 왜 이리도 가깝게 느껴지나요

칼릴 지브란

당신을 처음 보았지만
왜 이리도 가깝게 느껴지나요

벅차오르는 깨달음.
당신을 처음 본 순간
너무나 익숙하고
너무나 가까운 느낌이
시작됐습니다.

지금도 그날의 떨림은
생생합니다.
천 배나 더 깊어지고
천 배나 더 애틋해졌을 뿐.

당신을 영원히 사랑하겠습니다.
이 육신을 얻어 당신을 만나기 훨씬 전부터
나는 당신을 사랑하고 있었나 봅니다.
당신을 처음 본 순간 저는 그것을 알았지요.

운명.
우리 두 사람은 이처럼 하나였습니다.
아무 것도 우리를 갈라놓을 수 없습니다.

'보여줄 수 있는 사랑은 아주 작습니다' 중에서

넌 또 난 서로를 모르지만 왠지 너무 낯익은 느낌이 들어

첨 만난 사람 같질 않아 이 느낌이 너무나 익숙해

오 왜 지나가다 너의 눈이 마주치는 순간

우린 둘 다 걸음을 멈추고 말았어. 왠지 모를 느낌이

날 너에게로 이끌었었고 너 역시 날 다가오는 날

아무런 말없이 맞았어.

박진영의 노래 '데자부' 중에서

결혼한 사람 중에 배우자를 처음 보았을 때 '아, 이 사람은 내 사람이구나'라는 느낌을 받았다고 말하는 사람들이 많습니다. 당신은 연인을 만났을 때 혹시 그런 느낌을 받은 적이 없나요.

이미 본 것 같은 기시감(既視感 : dj vu), 이미 해 본 것 같은 기체험감(既體驗感 : dj vcu)을 데자부 현상이라고 합니다. 정상인의 경우에는 과거에 경험한 일의 이미지가 비슷한 상황에서 비슷한 느낌을 가져다주는 것으로 이해하지만, 병적인 경우에는 신경증이나 정신분열증에서 많이 볼 수 있다고 합니다. 이와 반대로 잘 알고 있는 장소를 처음 보는 장소로 느끼는 현상을 미시감(未視感 : jamais vu)이라고 합니다.

어차피 사랑이란 것 자체가 이해할 수 없는 데자부 현상 아닙니까.

함께 서되 너무 가까이 서지는 말라–결혼에 대하여

칼릴 지브란

너희는 함께 태어났으니 영원히 함께 있으리라.

죽음의 하얀 날개가 그대들의 나날을 흩어버릴 때에도

그대들은 함께 있으라.

아, 그대들은 함께 하라, 신의 말없는 기억 속에서도.

그러나 그대들이 함께 있더라도 거리를 두라,

하늘나라의 바람이 그대들 사이에서 춤추게 하라.

서로 사랑하되 사랑의 속박은 만들지 말라,

차라리 그대들 영혼의 물가에서 출렁이는 바다가 되게 하라.

서로 잔을 채워 주되, 어느 한쪽의 잔만을 마시지 말라.

서로 빵을 주되, 어느 한쪽의 빵만을 먹지 말라.

함께 노래하고 춤추며 기뻐하라,

그러나 그대들은 각자 고독에 잠기도록 하라,

루트의 현들이 같은 가락을 울릴지라도 혼자 있는 것처럼.

그대들의 마음을 주되 서로 간직하지는 말라

인생의 손길만이 그대들의 마음을 간직할 수 있으므로.

함께 서 있되, 너무 가까이 서지는 말라,

사원의 기둥들도 떨어져서 서 있으므로,

참나무와 사이프러스도 서로의 그늘 속에서는 자랄 수 없나니.

'예언자' 중에서

당신의 진짜 가족을 연결하는 인연은 혈연이 아니라
각자의 인생에 있는 존경과 기쁨의 결속이다.
한 가족의 구성원들은 같은 지붕아래서
성장하는 법은 거의 없다.

리처드 바크의 '환영' 중에서

결혼하기 전에는 부모와 가족이 가장 가까운 관계였지만 결혼 후에는 남편이나 아내가 가장 가까운 관계가 됩니다. 소위 무촌이 됩니다. 결혼은 남과 남의 결합인데도 말입니다. 가까우면서도 먼 관계가 부부입니다. 돌아서면 남이니까요.
결혼은 예속이 아니라 존경과 기쁨의 결속입니다. 함께 서되 너무 가까이 서지는 마세요. 행복한 결혼이란 죽을 때까지가 결코 지루하지 않은 긴 대화와 같은 것입니다.

세상은 균형으로 이뤄집니다. 일방적인 사랑이 이뤄지지 않으면 보내주세요. 자신을 더 사랑한다면. 우정이 평등한 사람간의 사심 없는 거래라면 사랑은 폭군과 노예간의 비굴한 상거래가 될 수도 있습니다. 세상에 가장 흔한 것이 멋진 남자와 멋진 여자입니다. 이제는 당신이 변심할 차례입니다.

VI

아무도 그대 위해 슬퍼하지 않으리

이젠 당신을 사랑해줄 다른 이를 찾으세요

알렉산데르 푸슈킨

나는 당신을 사랑했습니다
아마도 당신을 여전히 사랑하고 있겠지요
사랑의 불꽃은 꺼지지 않았을 겁니다.
아직 그 불꽃은 내 영혼 속에서
고요히 타고 있습니다.
그렇지만 당신은 더 이상 그로 인해
마음 아파하지 않아도 됩니다.
말없이, 절망적으로 나는 당신을 사랑했습니다.
때로는 질투에 불타고 때로는 수줍어하면서.
이제 당신을 사랑해줄 다른 사람을 찾도록 하세요
나처럼 다정하고 진실되게 사랑해줄.

비둘기 암컷은 수컷한테 그렇게 헌신적이래.

그런데 일찍 죽는단다.

자기도 사랑받고 싶었는데

주기만 하니까 허기 때문에 속병이 든 거지.

사람도 그래.

내가 주는 만큼 사실은 받고 싶은 거야.

그러니 한 쪽에서 계속 받기만 하는 건

상대를 죽이는 짓이야.

은희경의 '행복한 사람은 시계를 보지 않는다' 중에서

세상은 균형으로 이뤄집니다. 일방적인 사랑이 이뤄지지 않으면 보내주세요. 자신을 더 사랑한다면. 우정이 평등한 사람간의 사심 없는 거래라면 사랑은 폭군과 노예간의 비굴한 상거래가 될 수도 있습니다. 세상에 가장 흔한 것이 멋진 남자와 멋진 여자입니다. 이제는 당신이 변심할 차례입니다.

우리 둘 헤어지던 날

조지 고든 로드 바이런

말없이 눈물 흘리며
우리 두 사람 헤어질 때
여러 해 동안 떨어져 있을 생각에
가슴은 찢어질 듯 아팠지요.
그대 뺨 창백하고 싸늘해졌으며
그대 키스 그 어느 때보다 차가웠지요.
그때 이미 슬픔은 예정돼 있었습니다.

내 이마 위에 싸늘하게
내려앉은 그 날 아침 이슬,
지금의 참담한 느낌을
예고하는 것 같았습니다.
그대 맹세 다 깨지고
그대 평판 가벼워져
그대 이름 누가 말하면
나도 부끄러워집니다.

사람들이 내 앞에서 그대 이름 말하면
내 귀에는 조종처럼 들립니다
지금은 온 몸이 오싹해져오는데
그때는 그대가 왜 그리도 사랑스러웠을까요?
사람들은 내 그대 알았던 것을 모르지요,
너무나 잘 알고 있었다는 사실을.
오래, 오래 나는 그대 사랑한 것 후회할 겁니다,
너무 가슴 깊이 맺혀 말도 안 나오는군요.

남몰래 우리는 만났지요,
이제 나는 말없이 비탄에 잠깁니다.
잘 잊어버리는 그대 마음,
잘도 속이는 그대 영혼,
먼 훗날 내가 그대 만나면
어떻게 인사해야 할까요?
말없이 눈물 흘리겠지요.

사랑하는 것은

사랑을 받느니보다 행복하나니라.

오늘도 나는 너에게 편지를 쓰나니

그리운 이여, 그러면 안녕

설령 이것이 이 세상 마지막 인사가 될지라도

사랑하였으므로 나는 진정 행복하였네라

유치환의 시 '행복' 중에서

법구경에 "사랑하는 마음을 갖지 말자. 미움의 뿌리가 되기 쉬우니"라는 구절이 있습니다. 불과 몇 년 사이에 200명이 넘는 여자와 관계 했다고 고백했던 바이런이 여자의 마땅치 않은 처신에는 '기가 차서 말이 안 나온다' 는 식의 반응입니다. 바람둥이 바이런의 한탄이 우리의 본마음일까요, 아니면 내 사랑을 받아주지 못하고 떠난 사람에게 사랑의 마음을 잃지 않는 것이 우리의 본마음일까요.

낙엽송

월리엄 버틀러 예이츠

우리를 사랑하는 긴 나뭇잎 위에 가을이 왔습니다.
그리고 보릿단 속 생쥐에게도.
머리 위의 마가목 잎새도 노랗게 물들고
이슬 젖은 산딸기 잎도 노랗게 물들었습니다.

사랑이 기우는 계절이 우리를 에워쌉니다.
우리 슬픈 영혼은 이제 지치고 피곤합니다.
헤어집시다, 열정의 시간이 우리를 잊기 전에,
키스와 눈물을 수그린 그대 이마 위에 남기고.

나는 이제 더 이상
이곳에 머무를 수가 없다.
온갖 것을 다 불러들이는
저 바다가 나를 부른다.
이제 나는 배에 올라야 한다.
머물러 있다는 것은
비록 하룻밤 동안 불타오를지라도
곧 그 자리에 얼어붙어 버린 것이고,
굳어 버리는 것이며,
틀에 묶이는 것이므로.

칼릴 지브란의 '예언자' 중에서

살다보면 떠나야 할 때가 옵니다. 틀에 매이거나 굳어지기 전에 떠나야 하는 때가 옵니다. 여름이 가면 가을이 오듯, 열정의 시간이 가면 헤어질 시간도 오는 법. 낙엽에 깃들인 우수가 싸늘한 가을 공기를 타고 금방이라도 온몸을 파고들 것 같습니다. 원망하지 않는 이별은 달콤한 슬픔입니다.

마지막 아침 식사

자크 프레베르

그는 잔에 커피를 담았다.

그는 커피 잔에 우유를 넣었다.

그는 우유 탄 커피에 설탕을 탔다.

그는 작은 숟가락으로 커피를 저었다.

그는 커피를 마셨다.

그리고 그는 잔을 내려놓았다.

아무 말 없이 그는

담배에 불을 붙였다.

그는 연기로 동그라미를 만들었다.

그는 재떨이에 재를 털었다.

아무 말 없이 그는

나를 보지도 않고 일어났다.

그는 머리에 모자를 썼다.

그는 비옷을 입었다,

비가 오고 있었으므로.

그리고 그는 빗속으로 사라져버렸다.

아무 말 없이.

나는 그를 쳐다보지도 않은 채

두 손에 얼굴을 묻고

울어버렸다.

으스스한 가을
비 오는 어느 날,
밤을 지새고 나서
침침한 다방 구석에 앉았다.

빨간 불빛이 테이블에 쏟아지는데
납덩이같이 무겁고 두꺼운 침묵이
방안을 누르고 있었다.

싸늘하게 식은 찻잔을 만지며
여자가 만나지 말자고 했다.

이유를 물었으나
원망이 가득 찬 눈으로
나를 바라볼 뿐이다.
나는 다시는 묻지 않았다.
그녀는 얼굴을 감싸고
눈물을 감춘다.

정기석의 '싸늘한 이별' 중에서

이별 장면에 대한 소묘. 남자와 여자 앞에는 커피가 있습니다. '아침 식사'에서는 남자가 뒤도 돌아보지 않고 떠납니다. '싸늘한 이별'에서는 여자가 뒤도 돌아보지 않고 떠납니다. 어쨌든 두 경우 모두 여자가 울었습니다. 두 커플 모두 열정으로 가득 찬 나날을 보냈을 것입니다. 가난 때문이건, 새로운 사랑 때문이건 이별은 싸늘한 현실입니다.

떠나고 나면 아무도 그대 위해 슬퍼하지 않으리

월터 드 라 메어

시간이 치유 할 수 없는
슬픔이란 없고
회복할 수 없는
상실감과 배신감도 없다.
영혼의 고통은 그렇게 사라지나니.
무덤이 비록 사랑하는 이를
사랑받는 이와 그들이 함께 누린
모든 것으로부터 갈라놓을지라도.
보라, 달콤한 태양은 빛나고
소나기는 그쳤다.
꽃들은 아름다움을 뽐내고
날은 얼마나 화창한가!
사랑이나 의무에
너무 마음 두지 말라.
오랫동안 잊고 있던 친구들이
살아 있을 때의 모든 것이
죽음으로 마무리되는 곳에서
당신을 기다리고 있을지도 모른다.
아무도 그대를 위해 오래 슬퍼하고
기도하고 그리워하지 않으리.
당신의 자리 비어 있고
당신은 그 자리에 없으니.

어스름 황혼이 밤으로 접어드는데,

유령의 무리처럼 요란스럽게 지나가는 불 밝힌

차창에 미소를 띤 어여쁜 여인의 모습이 보일 때.

화려하고 성대한 가면무도회에서 돌아왔을 때.

대의원 모씨의 강연집을 읽을 때.

부드러운 아침공기가 가늘고 소리 없는 비를 희롱할 때.

사랑하는 이가 배우와 인사할 때.

공동묘지를 지나갈 때.

그리하여 문득 '여기 열다섯의 어린 나이로 세상을 떠난

소녀 클라라 잠들다'라는 묘비명을 읽을 때.

아, 그녀는 어린 시절 나의 단짝 친구였지.

안톤 슈나크의 '우리를 슬프게 하는 것들' (문예출판사) 중에서

길다면 길고 짧다면 짧은 지난 날, 손꼽는 단짝 친구 대부분이 이제는 소식조차 없거나 아예 이 세상에 없습니다. 세월의 무게, 세상의 무게에 눌려 밀리듯 살아온 나날을 세월은 깨끗이 지웁니다. 추억마저 지웁니다. 지난날은 살아 있을 때 문득 스쳐지나가는 꿈일 뿐입니다. 세월은 인생의 지우개입니다. 결국 꿈조차 흔적없이 지워집니다.

변해가는 그대 얼굴의 슬픔마저 사랑했나니

윌리엄 버틀러 예이츠

그대 늙어 머리 희끗해지고 잠이 몰려올 때
난로 가에서 졸면서 이 책 꺼내 놓게 되면
천천히 읽으며 꿈을 꾸세요,
한때 그대 눈이 지녔던 부드러운 모습,
그 깊은 그림자를.

얼마나 많은 사람들이
당신의 멋진 순간들을 사랑했고,
거짓 사랑이든 진실한 사랑이든
당신의 아름다움을 사랑했던가요.
그러나 한 사내만이 그대의 떠도는 혼을 사랑했고
당신의 변하는 얼굴에 어린 슬픔조차 사랑했지요.

벌겋게 달아오른 난로 가에서 몸을 구부리고
슬픈 어조로 나직이 읊어주세요,
사랑하는 이가 어떻게 높은 산으로 달아나
별무리 속에 얼굴을 감추었는가를.

내가 스페인에서 우연히 만난 기품 있는 한 농부는 이렇게 말했다.

나는 이 나이에 대해서 아무런 불평이 없습니다. 물론 나 역시 이제까지 살아오는 동안 괴롭고 슬픈 일이 있었죠. 그러나 나는 스무 살 때 한 젊은이를 사랑했습니다. 그도 나를 사랑해 주었습니다. 그래서 우리는 결혼했습니다. 몇 주일 후에 그는 죽었습니다. 그러나 나는 행복이란 것을 알게 되었습니다. 그 때부터 50년 동안 나는 그와의 추억 속에서 살고 있습니다.

앙드레 모루아의 '사랑하는 기술' 중에서

생이별을 했든 사별을 했든 지난날의 추억은 슬픔의 원천이 아니라 행복의 원천입니다. 커다란 사랑 앞에서는 세월이나 죽음이라 할지라도 무력할 뿐입니다.

예이츠는 모드 곤이라는 여자에게 실연을 당하고도 평생을 사랑했다고 합니다. 떠나간 연인에 대한 깊은 사랑의 맹세, 하늘의 별무리 속에 숨어서라도 지켜보는 마음이 가슴을 울려옵니다.

거리에 비 내리듯

폴 베를렌

거리에 비 내리듯
내 마음에 눈물 내린다
가슴 속 스며드는
이 번민은 무엇인가?

오, 대지에도 지붕에도 내리는
빗소리의 부드러움이여!
권태로운 마음 달래는
오, 비의 노래여!

울적한 이 마음에
까닭도 없이 눈물 내린다
웬일인가! 배반한 이도 없는데?
이 슬픔은 까닭이 없네.

까닭 모를 고통이
가장 아프나니
사랑도 없고 증오도 없는데
내 마음 너무도 괴로워라!

지극한 도는 어렵지 아니하니
오직 간택하는 마음만 버릴지어다.
사랑과 증오만 없으면
확 트여서 명백하리라.

승찬대사(달마의 법손2조)의 신심명(信心銘) 중에서

승찬대사는 달마·혜가 대사를 잇는 중국 선종의 3대 조사입니다. 4대 조사였던 도선대사가 14세 때 승찬대사를 찾아가 물었습니다.
"스님 자비심으로 해탈법문을 들려주십시오." 대사께서 물으시되 "누가 너를 속박했단 말이냐." "아무도 속박하는 이는 없습니다." " 허면 무엇 때문에 해탈따위를 구하느냐" 이말 끝에 도신은 크게 깨달았습니다. 베를렌은 사랑도 증오도 없었지만 괴로움에 몸부림칩니다. 베를렌의 번민은 사랑과 증오의 속박에서 벗어나 지극한 도에 이르렀음을 때 오는 것일까요?

VII

세월이 가도 나는 여기 머무네

첫사랑

윌리엄 버틀러 예이츠

아름다움의 잔인한 종족 속에서

항해하는 달처럼 길러졌지만

그녀는 잠시 걸었고 잠시 얼굴을 붉혔습니다.

그리고 내가 다니는 길 위에 서 있었습니다.

그녀의 몸이 피와 살로 이뤄진

심장을 가지고 있다는 것을 알 때까지.

그 위에 손을 얹고

돌 심장을 발견한 이후

많은 시도를 했지만

이루어진 것은 하나도 없습니다.

모든 손길은 달 위를 여행하는

미치광이였기에.

그녀의 미소가 나를 변모시켜

여기 저기 배회하는

바보로 만들어 버렸습니다.

달이 출항할 때

별들이 주유하는 천상보다

머리가 더 텅 비어 버린 바보로.

애시당초
만남이 없어 이별도 못해 본 사이

한세상 살며 가슴 아파하라고
가만 가만 꿈길 밟고 찾아오는 그 사람

코스모스 핀 꽃길 저 편에
긴 머리 나부끼며 말없이 서 있는

김용화의 시 '짝사랑' 중에서

그녀도 피와 살로 이뤄진 심장을 갖고 있지만 이미 나에게는 어찌할 수 없는 돌 심장일뿐입니다. 그녀는 달입니다. 그녀의 미소는 천상의 미소입니다. 나는 별들이 주유하는 천상보다도 더 머리가 텅 빈 바보일 따름입니다. 여기저기 배회하는 바보입니다.

김용화는 첫사랑의 애달픈 심경을 '이별도 못해 본'이라는 시구로 표현하고 있습니다. 짝사랑이 첫사랑인 경우가 많습니다. 짝사랑은 하지 마세요. 바보가 될지언정, 그(녀) 앞에 쓰러질지언정 당당하게 나서세요. 당신의 넓은 가슴에 애달픈 구멍 하나 뻥 뚫린 채 평생을 살아갈 수는 없지 않습니까. 바보 같은 추억을 남길지언정 돌이키지 못할 후회는 남기지 마세요.

첫사랑

요한 볼프강 괴테

아아, 누가 돌려주랴, 그 아름다운 시절을
첫사랑의 즐거운 나날을.
아아, 누가 돌려주랴,
그 아름다운 시절의
한 부분만이라도.

쓸쓸히 첫사랑의 상처를 키우며
끊임없이 되살아나는 슬픔에 쌓여
잃어버린 행복을 슬퍼하고 있나니,
아아, 누가 돌려주랴, 그 아름다운 시절을
첫사랑의 즐거운 나날을.

첫사랑

어떤 일이 있어도 첫사랑을 잃지 않으리라

지금보다 더 많은 별자리의 이름을 외우리라

성격책을 끝까지 읽어보리라

가보지 않은 길을 골라 그 길의 끝까지 가보리라

시골의 작은 성당으로 이어지는 길과

폐가와 잡초가 한데 엉겨 있는 아무도 가지 않은 길로 걸어가리라

깨끗한 여름 아침 햇빛 속에 벌거벗고 서 있어 보리라.

지금보다 더 자주 미소 짓고

사랑하는 이에겐 더 자주 '정말 행복해' 라고 말하리라

사랑하는 이의 머리를 감겨주고

두 팔을 벌려 그녀를 더 자주 안으리라

사랑하는 이를 위해 더 자주 부엌에서 음식을 만들어보리라

다시 첫사랑의 시절로 돌아갈 수 있다면

장석주의 시 '다시 첫사랑의 시절로 돌아갈 수 있다면' 중에서

그(녀)가 내 마음을 알아차릴까봐 숨어버리기만 했던 그 시절. 가슴이 두근거리며 마구 뛰던 그 때 그 시절은 결코 돌아오지 않습니다. 당신이 지금 첫사랑을 하고 있다면 어차피 당신은 바보이니 진짜 바보가 되어버리세요. 드라이든은 '용기 있는 자만이 미인을 얻을 수 있다' 고 말했지요.

첫사랑이 저를 다시 부르면 어떡하죠–비상(飛翔)

세라 데스데일

그리운 눈빛으로 돌아봐주세요
그리고 제가 뒤따르고 있다는 것을 알아주세요.
당신의 사랑으로 저를 일으켜 주세요 미풍이 제비를 들어올리듯
해가 비치건 비바람이 몰아치건 우리 멀리 날아가 버려요.
하지만 제 첫 사랑이 저를 다시 부르면 어떡하죠?

저를 당신의 가슴에 안아주세요 용감한 바다가 파도를 끌어안듯
저를 멀리멀리 데려가 주세요 당신의 집을 숨기고 있는 언덕으로
평화로 지붕을 잇고 사랑으로 문을 잠가주세요.
하지만 제 첫사랑이 저를 다시 부르면 어떡하죠?

"첫사랑이 다시 제 앞에 나타났습니다. 저는 어떻게 할까요? 죽은 줄로만 알았던 그가 10년이 지난 후, 제 앞에 나타났습니다. 그와 너무 닮은 사람 같아 보이지만 저에게는 10년 전 바로 그처럼 느껴집니다."

고교시절 사랑했던 유진(최지우)의 첫사랑 준상과 10년 후 나타난 민형은 '겨울연가'의 주인공 배용준의 두 개의 이름이지요. 민형 앞에 선 유진, "하지만 제 첫사랑이 저를 다시 부르면 어떡하죠."

첫사랑은 운명처럼 당신에게 또 다시 다가옵니다. 두 번째 사랑은 첫사랑의 그림자입니다.

사랑이 그대를 부르면

칼릴 지브란

사랑이 그대를 부르면 기꺼이 따르라,
비록 그 길이 힘들고 가파를지라도.
사랑의 날개가 그대를 감싸 안거든
온 몸으로 맞이하라,
비록 사랑의 날개 속에 숨겨진 칼날이
그대에게 상처를 줄지라도.
사랑이 당신에게 말할 때는 그 말을 믿으라,
비록 북풍이 정원을 폐허로 만들 듯이
사랑의 목소리가 그대 꿈 뒤흔들어 놓을지라도.

풍파가 없는 항해는 얼마나 단조로운가요. 고난이 클수록 우리의 가슴은 뜁니다. 사랑은 고난을 안고 있기에 우리는 사랑을 합니다. 사랑은 인생에서 가장 재미있는 게임입니다. 사랑 때문에 밀고 당기는 심리전처럼 복잡하고 슬프고 기쁜 것이 이 세상 어디에 있겠습니까. 고난이나 실패가 두려워서 가슴 속의 사랑을 접어서야 되나요. 바다에는 늘 풍랑이 도사리고 있습니다. 풍랑이 두려워 배를 정박해 둘 수는 없지요. 배는 항해를 위해 있는 것입니다.

편지를 부치려고 밤늦게 시내로 차를 몰다

로버트 블라이

눈 내리는 추운 밤 중심가엔 인적이 끊겼다.

움직이는 것은 휘몰아치는 눈뿐.

우체통 뚜껑을 들어올리니 차가운 쇠의 감촉이 느껴진다.

이처럼 눈 오는 밤에는 은밀함을 즐길 수 있어 좋다.

차를 몰고 주변을 돌아다니며 좀더 시간을 보내야겠다.

보이지 않는 곳에
감춰진 비밀로
하얀 그리움이 쏟아집니다

세월 그 위로 흐르는 슬픔이
낮은 음률로 쌓이는
서럽도록 환한 밤입니다

하나의 기억이라도
더 거두어 보려고
길 없는 길을
오랜 약속을 기다리는
걸음으로 걷다

이훈식의 시 '눈 내리는 밤' 중에서

눈 오는 날 밤. 밤의 어둠도 눈의 흰 속살마저 덮을 수는 없습니다. 이런 날 어찌 방에 머물 수 있겠습니까. 마침 편지를 부칠 그리운 이라도 있다면….
주변에는 아무도 없습니다. 세상은 나만을 위해 존재합니다. 눈 내리는 밤, 아무도 범하지 않은 하얀 그리움이 세상을 덮습니다. 벌거벗은 마음으로 하얀 밤 앞에 서면 하얀 세상, 하얀 그리움이 가슴 속으로 밀려들 것입니다.

그대와 함께 듣던 음악은

콘래드 에이큰

당신과 함께 듣던 음악은 단순한 음악이 아니었고
당신과 함께 뜯던 빵은 단순한 빵이 아니었다.
이제 당신이 내 곁에 없으니 모든 것이 쓸쓸하구나.
한때 그토록 아름답던 것들도 모두 죽어버렸나니.

당신의 손길이 한때 이 식탁, 이 식기에 닿았고
나는 이 잔을 쥐었던 당신의 손가락 보아왔나니.
이런 것들은, 사랑하는 이여, 당신을 기억하지 못하지만
그 위에 남긴 당신의 손길은 사라지지 않으리.

내 맘속에서 당신은 저것들 사이에서 돌아다니며
손길과 눈으로 축복해 주었기에;
내 맘속에서 저것들은 늘 당신을 기억하리,
저것들이 한때 당신을 알았음을, 아름답고 지혜로운 당신을.

당신과 내가 갈아엎어야 할
저 많은 묵정밭은 그대로 남았는데
논두렁을 덮는 망촛대와 잡풀가에
넋을 놓고 한참을 앉았다 일어섭니다

도종환의 시 '접시꽃 당신' 중에서

에이큰에게도, 도종환에게도 떠나버린 사람은 늘 곁에 남아 있지만 에이큰에게
는 함께 듣던 음악이, 도종환에게는 함께 갈아엎어야 할 묵정밭이 있습니다. 도종
환은 새로운 사람을 찾았습니다. 아내에 대한 사랑이 너무 깊었기에 아내를 대신
할 사람이 절실했을 수도 있었겠지요.

세월이 가도 나는 여기에 머무네 — 미라보 다리

기욤 아폴리네르

미라보 다리 아래 세느 강이 흐르고
우리의 사랑도 흐르네
슬픔에 이어 오는 기쁨을
다시금 기억해야 하나

밤이여 오라, 종이여 울려라
세월은 가도 나는 여기에 머무네

손에 손 잡고 마주보며 그대로 있자꾸나
우리의 팔로 엮은 다리 아래
강의 물결은 끝없이 흘러간다

밤이여 오라, 종이여 울려라
세월은 흐르고 나는 여기에 머무네

바다로 흘러가는 강물처럼 사랑도 흘러가네
인생은 얼마나 느리며
사랑의 희망은 얼마나 강렬한가

밤이여 오라, 종이여 울려라
세월은 가고 나는 여기에 머무네

날은 가고 달은 가는데
가버린 시간도
떠나간 사랑도 돌아오지 않고
미라보 다리 아래 세느 강은 흐르네

밤이여 오라, 종이여 울려라
세월은 가도 나는 여기에 머무네

아폴리네르가 27세 때 사랑하던 여인과의 이별 후에 쓴 이 시에는 옛 사랑을 잊지 못하는 시인의 고뇌가 담겨져 있습니다. 세월의 흐름, 사랑과 삶의 덧없음을 세느 강의 흐름과 대비하며 탁월한 음악적 효과를 남기고 있습니다. 시인은 손에 손을 맞잡고 사랑의 의지를 다짐하지만 세월의 흐름을 멈추려고 하지는 않습니다. 오히려 세월이 지나가면 사랑도 지나간다는 사실을 순순히 받아들입니다. 다만 세느 강과 미라보 다리로 대변되는 자연은 변하지 않습니다. 세느 강은 흐르는데, 세월도 흘러가는데, 시인의 마음은 여전히 미라보 다리에 머물러 있습니다. 파리 시내를 가로지르는 세느 강에는 30여 개의 다리가 놓여져 있습니다. 가장 오래된 다리는 1578년에 만들어진 퐁 네프 다리이고 가장 아름다운 다리로는 파리 만국박람회를 기념하기 위해 1900년에 만들어진 알렉산드르 3세교가 손꼽힙니다. 프랑스 파리에서는 정작 미라보 다리를 아는 사람은 많지 않습니다. 아폴리네르의 서정시 때문에 유명할 뿐입니다. 한 시인의 잔잔한 목소리가 미라보를 파리의 상징처럼 우리의 가슴에 심어 놓았습니다. 청계천이 복원되면 서울에도 미라보 다리나 퐁 네프 다리가 탄생할까요.

그리운 얼굴들

찰스 램

나의 어린 시절에, 즐거웠던 학창시절에
같이 뛰어 놀던 마음 속 친구들이 있었지.
이젠 모두 가버리고 없구나, 그리운 얼굴들이여.

나는 함께 웃고 떠들어댔었지.
마음 속 친구들과 밤늦게 술을 마시며.
이젠 모두 가버리고 없구나, 그리운 얼굴들이여.

한때 아름다운 여자와 사랑도 했었지.
그녀의 문이 닫혀버려 볼 수조차 없다네.
이젠 모두 가버리고 없구나, 그리운 얼굴들이여.

나의 한 친구, 그보다 더 다정한 친구가 있었을까
나는 배신자처럼 그 친구에게서 훌쩍 떠나버렸네.
그를 떠난 뒤 그리운 얼굴들을 되돌아본다.

나는 유령처럼 어릴 적 놀던 곳을 배회했지.
세상은 내가 그리운 얼굴들을 찾으며
건너야 할 사막처럼 보였다.

나의 마음 속 친구, 형제보다 더한 친구여.
왜 자네는 나의 가족으로 태어나지 않았나?
그러면 우리 옛 친구들 얘기할 수 있을 텐데.

누가 어떻게 죽었고, 누가 어떻게 나를 떠났고,
누가 다른 이에게 갔는가, 모두 떠나버렸네,
이젠 모두 가버리고 없구나, 그리운 얼굴들이여.

나의 천성적인 우울한 습성을 고쳐서

나의 청춘시절을 다치지 않고

신선하게, 새벽처럼 유지시켜준 것은 결국 우정뿐이었다.

그리고 지금도 나는 이 세상에서

남자들 사이의 성실하고 훌륭한 우정만큼

멋진 것도 없다고 생각한다.

그리고 언젠가 고독할 때,

청춘에의 향수가 나를 엄습한다면,

그것은 오로지 학창시절의 우정 때문일 것이다.

헤르만 헤세

진정한 친구는 정말 드뭅니다. 우정의 대부분은 겉치레에 불과합니다. 누가 먼저 출세하면 친구 관계는 사라집니다. 설사 당신이 먼저 친구가 되었다 하더라도 계산적 선택이 있는 곳에서 우정은 자랄 수 없습니다. 당신이 친구를 발견하기 전에 그는 이미 당신의 친구였습니다.

램은 학창시절의 친구이자 시인인 코울리지와 우정을 유지하다가 오해가 생겨 사이가 소원해진 적이 있었는데 이 시를 출판한 후 관계가 회복됐다고 합니다. 이 시에서 언급된 '나의 친구'는 코울리지를 가리킵니다.

당신의 부재가 바늘처럼 나를 지나갔습니다

W. S. 머윈

당신의 부재(不在)가 나를 관통하였습니다
마치 바늘을 관통한 실처럼―
내가 하는 모든 일이 그 실 색깔로 꿰매어집니다

당신은 노래하는 꽃

아침마다

나를 새롭게 깨워 놓고

날아다닌다 당신은

나의 순간 나의 영원

꿈꾸는 페허에서

목숨과 목숨을 이어주는

당신은 끊임없는 싸움

또 하나 나의 무덤이다

언제나 황홀함으로 눈떠있는

고독이여 고통이여 부재여

문충성의 '사랑가' 중에서

부재(不在)란 사랑하는 사람에게는 가장 확실하고 가장 효과적이고 가장 뿌리 깊고 가장 파괴할 수 없는 가장 충실한 현존이 아닐까?

마르셀 프루스트

삶 가운데 죽음이어라 가 버린 날들은

앨프리드 로드 테니슨

눈물, 덧없는 눈물
눈물, 덧없는 눈물, 까닭 모를
눈물이 거룩한 절망의 바닥에서
가슴으로 솟아올라 눈에 고인다.
행복한 가을 들녘 바라보며
가 버린 날들을 생각하노라.

수평선 너머 친구들을 싣고 오는 돛배 위에
처음으로 반짝이는 햇살처럼 새로워라.
수평선 너머로 사랑하는 사람들 모두 싣고 가는 돛배 위에
빨갛게 물드는 마지막 햇살처럼 슬퍼라.
그토록 슬프고 새로워라, 가 버린 날들은.

아, 슬프고 야릇하여라. 어둑한 여름날 동틀 녘
죽어 가는 이의 눈에 여닫이창의 네모꼴이
차츰 흐릿해 보일 무렵, 죽어가는 이의 귀에 들려오는
잠 덜 깬 새들의 첫 지저귐처럼
그토록 슬프고 야릇하여라, 가 버린 날들은

죽은 뒤 생각나는 키스처럼 다정하고
이젠 남의 것이 된 입술 위에 속절없이 시늉만 해보는
키스처럼 감미로워라. 사랑처럼 깊어라
첫사랑처럼 깊어라, 뉘우침만이 사무치는구나
오 삶 가운데 죽음이어라 가버린 날들은

"이 노래는 틴텀 사원(Tinterm Abbey)의 나뭇잎이 노랗게 물드는 가을철, 과거의 기억으로 충만했던 때에 나에게 왔다. 나는 그곳에서 어린아이처럼 과거의 열정을 불러냈다. 어린 시절부터 한결같이 느껴왔던 곳이었고, 그곳은 이제 언제나 나와 함께 있다. 그곳은 과거 그리고 내가 움직이고 있는 오늘과 인접한 곳이 아닌 먼 곳에 있다." 라고 테니슨은 회상했습니다.

지나간 날들을 그리워하는 시로 이만큼 절절한 시는 아직 보지 못했습니다. 그리움이 고통일지라도 간절한 지난 날을 가지고 싶습니다.

세계의 명시 영어 원문

Peer of gods he seems

Sappho

Peer of gods he seems, who sits in thy presence,
Hearing close thy sweet speech and lovely laughter,
I beholding, all the life in my bosom
Fluttering, fails me.

For to see thee only, yea, but a little,
Breaks my voice, my faltering soul is silent,
Swiftly through all my veins a subtle fire runs,
All my life trembles.

Sight have I none, nor hearing,
cold dew bathes me,
Paler than grass I am, and in my madness
Seem as one dead, yet dare I, poor and suppliant,
Dare I to love thee.

O, be some other name
–Romeo and Juliet 2-2 38~47

William Shakespeare

It is but thy name that is my enemy:
O, be some other name.
What's in a name? That which we call a rose
By any other name would smell as sweet;
So Romeo would, were he not Romeo called,
Retain that dear perfection which he owes
Without that title. Romeo, doff thy name;
And for thy name, which is no part of thee,
Take all myself.

She was a Phantom of Delight

Edgar Allan Poe

She was a Phantom of delight
When first she gleam'd upon my sight ;
A lovely Apparition, sent
To be a moment's ornament ;
Her eyes as stars of twilight fair ;
Like Twilight's, too, her dusky hair ;
But all things else about her drawn
From May-time and the cheerful dawn ;
A dancing shape, and image gay,
To haunt, to startle, and waylay.

I saw her upon nearer view,
A spirit, yet a Woman too!
Her household motions light and free,
And steps of virgin-liberty ;
A countenance in which did meet
Sweet records ; Promises as sweet ;
A creature not too bright or good
For human nature's daily food,
For transient sorrows, simple wiles,
Praise blame, love kisses, tears, and smiles.

And now I see with eye serene
the very pulse of the machine ;
A being breathing thoughtful breath,
A traveller between life and death ;
The reason firm, the temperate will,
Endurance, foresight, strength, and skill ;
A perfect Woman, nobly plann'd
To warn, to comfort, and command ;
And yet a Spirit still, and bright
With something of an angel-light.

She Walks in Beauty

George Gordon, Lord Byron

She walks in beauty, like the night
Of cloudless climes and starry skies;
And all that's best of dark and bright
Meet in her aspect and her eyes:
Thus mellowed to the tender light
Which heaven to gaudy day denies.

One shade the more, one ray the less,
Had half impaired the nameless grace
Which waves in every raven tress,
Or softly lightens o'er her face;
Where thoughts serenely sweet express
How pure, how dear their dwelling place.

And on that cheek and o'er that brow,
So soft, so calm, yet eloquent,
The smiles that win, the tints that glow,
But tell of days in goodness spent,
A mind at peace with all below,
A heart whose love is innocent!

On being in love

Jerome Klapka Jerome

What noble deeds were we not ripe for
in the days when we loved?
What noble lives could we not have lived for her sake?
Our love was a religion (that) we could have died for.
It was no mere human creature like ourselves that we adored.
It was a queen that we paid homage to,
a goddess that we worshipped.
And how madly we did worship!
And how sweet it was to worship!
Ah, lad, cherish love's young dream while it last!
You will know, too soon, how truly Tom Moore sang,
when he said that there was nothing half so sweet in life.
Even when it brings misery,
it is a wild, romantic misery,
all unlike the dull, worldy pain of after sorrows.
When you have lost her -
when the light is gone out from your life,
and the world stretches before you a long, dark horror,
even then a half enchantment mingles with your despair.
Ah, those foolish days, those foolish days,
when we were unselfish, and pure-minded; those foolish days,
when our simple hearts were full of truth, and faith, and reverence!

He Wishes for the Cloths of Heaven

William Butler Yeats

Had I the heaven's embroidered cloths
Enwrought with golden and silver light
The blue and the dim and the dark cloths
Of night and light and the half-light,
I would spread the cloths under your feet:
But I, being poor, have only my dreams;
I have spread my dreams under your feet;
Tread softly because you tread on my dreams.

A Red, Red Rose

Robert Burns

O My love's like a red, red rose,
That's newly sprung in June;
O My love's like the melody
That's sweetly played in tune.

As fair thou art, my bonnie lass,
So deep in love am I;
And I will love thee still, my dear,
Till a' the seas gang dry.

Till a' the seas gang dry, my dear,
And the rocks melt wi' the sun:
O I will love thee still, my dear,
When the sands o' life shall run.

A White Rose

John Boyle O'Reilly

The red rose whispers of passion,
And the white rose breathes of love;
Oh, the red rose is a falcon,
And the white rose is a dove.

But I send you a cream-white rosebud,
With a flush on its petal tips;
For the love that is purest and sweetest
Has a kiss of desire on the lips.

O World, O Life, O Time (Lament)

Percy Bysshe Shelley

O World! O Life! O Time!
On whose last steps I climb,
Trembling at that where I had stood before,
When will return the glory of your prime?
No more—O never more!

Out of the day and night
A joy has taken flight—
Fresh spring, and summer, and winter hoar,
Move my faint heart with grief, but with delight
No more—O never more!

To the Virgins to make much of time

Herrick, Robert

Gather ye rose-buds while ye may,
Old time is still a-flying:
And this same flower that smiles today,
Tomorrow will be dying.

The glorious lamp of heaven, the sun,
The higher he's a-getting,
The sooner will his race be run,
And nearer he's to setting.

That age is best which is the first
When youth and blood are warmer;
But being spent, the worse, and worst
Times still succeed the former.

Then be not coy, but use your time;
And while ye may, go marry:
For having lost but once your prime,
You may forever tarry

A Daughter of Eve

Christina Rossetti

A fool I was to sleep at noon,
And wake when night is chilly
Beneath the comfortless cold moon;
A fool to pluck my rose too soon,
A fool to snap my lily.

My garden-plot I have not kept;
Faded and all-forsaken,
I weep as I have never wept:
Oh it was summer when I slept,
It's winter now I waken.

Talk what you please of future spring
And sun-warm'd sweet to-morrow:
Stripp'd bare of hope and everything,
No more to laugh, no more to sing,
I sit alone with sorrow.

Oh Mistress Mine from Twelfth Night

William Shakespeare

Oh Mistress mine! where are you roaming?
Oh! stay and hear; your true love's coming,
That can sing both high and low.
Trip no further, pretty sweeting;
Journeys end in lovers' meeting,
Every wise man's son doth know.

What is love? 'tis not hereafter;
Present mirth hath present laughter;
What's to come is still unsure:
In delay there lies no plenty;
Then come kiss me, sweet and twenty,
Youth's a stuff will not endure.

Blue Girls

John Crowe Ransom

Twirling your blue skirts, travelling the sward
Under the towers of your seminary,
Go listen to your teachers old and contrary
Without believing a word.

Tie the white fillets then about your hair
And think no more of what will come to pass
Than bluebirds that go walking on the grass
And chattering on the air.

Practice your beauty, blue girls, before it fail;
And I will cry with my loud lips and publish
Beauty which all our power shall never establish,
It is so frail.

For I could tell you a story which is true;
I know a woman with a terrible tongue,
Blear eyes fallen from blue,
All her perfections tarnished — yet it is not long
Since she was lovelier than any of you.

Splendor in the Grass from Ode

–Intimations of Immortality from Recollections of Early Childhood

William Wordsworth

What though the radiance which was once so bright
Be now for ever taken from my sight,
Though nothing can bring back the hour
Of splendor in the grass, of glory in the flower
We will grieve not, rather find
Strength in what remains behind;
In the primal sympathy
Which having been must ever be;
In the soothing thoughts that spring
Out of human suffering;
In the faith that looks through death,
In years that bring the philosophic mind.

They Are Not Long

–Vitae Summa Brevis Spem Nos Vetat Incohare Longam

Ernest Dowson

They are not long, the weeping and the laughter,
Love and desire and hate;
I think they have no portion in us after
We pass the gate.

They are not long, the days of wine and roses:
Out of a misty dream

Our path emerges for a while, then closes
Within a dream.

Down by the Salley Gardens

William Butler Yeats

Down by the salley gardens my love and I did meet;
She passed the salley gardens with little snow-white feet.
She bid me take love easy, as the leaves grow on the tree;
But I, being young and foolish, with her would not agree.

In a field by the river my love and I did stand,
And on my leaning shoulder she laid her snow-white hand.
She bid me take life easy, as the grass grows on the weirs;
But I was young and foolish, and now am full of tears.

O ME! O LIFE!

Walt Whitman

O me! O life! of the questions of these recurring,
Of the endless trains of the faithless, of cities fill'd with the foolish,
Of myself forever reproaching myself, (for who more foolish than I,
and who more faithless?)
Of eyes that vainly crave the light, of the objects mean, of the struggle
ever renew'd,
Of the poor results of all, of the plodding and sordid crowds I see around me,
Of the empty and useless years of the rest, with the rest me intertwined,
The question, O me! so sad, recurring — What good amid these, O me, O
life?
Answer.
That you are here — that life exists and identity,
That the powerful play goes on, and you may contribute a verse.

Suck My Juices

Christina Rossetti

"Did you miss me?
Come and kiss me.
Never mind my bruises,
Hug me, kiss me, suck my juices
Squeezed from goblin fruits for you,
Goblin pulp and goblin dew.
Eat me, drink me, love me;
Laura, make much of me:
For your sake I have braved the glen
And had to do with goblin merchant men."

An Immorality

Ezra Pound

Sing we for love and idleness,
Naught else is worth the having.

Though I have been in many a land,
There is naught else in living.

And I would rather have my sweet,
Though rose-leaves die of grieving,

Than do high deeds in Hungary
To pass all men's believing.

Pleasure

Khalil Gibran

Then a hermit, who visited the city once a year, came forth and said,
"Speak to us of Pleasure."
And he answered, saying:
Pleasure is a freedom song,
But it is not freedom.
It is the blossoming of your desires,
But it is not their fruit.
It is a depth calling unto a height,
But it is not the deep nor the high.
It is the caged taking wing,
But it is not space encompassed.
Ay, in very truth, pleasure is a freedom-song.
And I fain would have you sing it with fullness of heart;
yet I would not have you
lose your hearts in the singing.

The Sick Rose

William Blake

O Rose thou art sick!
The invisible worm,
That flies in the night
In the howling storm,

Has found out thy bed
Of crimson joy:
And his dark secret love
Does thy life destroy

Love's Philosophy

Percy Bysshe Shelley

The fountains mingle with the river
And the rivers with the Ocean,
The winds of Heaven mix for ever
With a sweet emotion;
Nothing in the world is single;
All things by a law divine,
In one spirit meet and mingle.
Why not I with thine?—

See the mountains kiss high Heaven,
And the waves clasp one another;
No sister-flower would be forgiven
If it disdained its brother;
And the sunlight clasps the earth,
And the moonbeams kiss the sea:
What is all this sweet work worth
If thou kiss not me?

Percy Bysshe Shelley
I will be the gladdest thing
Under the sun!
I will touch a hundred flowers
And not pick one.
I will look at cliffs and clouds
With quiet eyes,
Watch the wind bow down the grass,
And the grass rise.
And when lights begin to show
Up from the town,
I will mark which must be mine,
And then start down!

Love has gone and left me and the days are all alike;

Edna St. Vincent Millay

Eat I must, and sleep I will, — and would that night were here!
But ah! — to lie awake and hear the slow hours strike!
Would that it were day again! — with twilight near!

Love has gone and left me and I don't know what to do;
This or that or what you will is all the same to me;
But all the things that I begin I leave before I'm through, —
There's little use in anything as far as I can see.

Love has gone and left me, — and the neighbors knock and borrow,
And life goes on forever like the gnawing of a mouse, —
And to-morrow and to-morrow and to-morrow and to-morrow
There's this little street and this little house.

If Thou Must Love Me - sonnets from the portuguese

Elizabeth Barrett Browning

IF thou must love me, let it be for nought
Except for love's sake only. Do not say
"I love her for her smile- her look- her way
Of speaking gently,- for a trick of thought
That falls in well with mine, and certes brought
A sense of pleasant ease on such a day"-
For these things in themselves, Beloved, may
Be changed, or change for thee- and love, so wrought
May be unwrought so. Neither love me for
Thine own dear pity's wiping my cheeks dry,-
A creature might forget to weep, who bore
Thy comfort long, and lose thy love thereby!
But love me for love's sake, that evermore
Thou mayst love on, through love's eternity.

How Do I Love Thee?

Elizabeth Barrett Browning

How do I love thee? Let me count the ways.
I love thee to the depth and breadth and height
My soul can reach, when feeling out of sight
For the ends of Being and ideal Grace.
I love thee to the level of everyday's
Most quiet need, by sun and candle-light.
I love thee freely, as men strive for Right;
I love thee purely, as they turn from Praise.
I love thee with the passion put to use
In my old griefs, and with my childhood's faith.
I love thee with a love I seemed to lose
With my lost saints, - I love thee with the breath,
Smiles, tears, of all my life! - and, if God choose,
I shall but love thee better after death.

Oh, When I Was In Love With You

Housman, Alfred Edward

Oh, when I was in love with you
Then I was clean and brave,
And miles around the wonder grew
How well did I behave.

And now the fancy passes by,
And nothing will remain,
And miles around they'll say that I
Am quite myself again.

Love Poem

Robert Bly

When we are in love, we love the grass,
And the barns, and the lightpoles,
And the small mainstreets abandoned all night.

The Telephone

Robert Frost

'When I was just as far as I could walk
From here today,
There was an hour
All still
When leaning with my head against a flower
I heard you talk.
Don't say I didn't, for I heard you say-
You spoke from the flower on the window sill-
Do you remember what it was you said?'
'First tell me what it was you thought you heard.'
'Having found the flower and driven a bee away,
I leaned my head,
And holding by the stalk,
I listened and I thought I caught the word-
What was it? Did you call me by name?
Or did you say-
Someone said "Come-" I heard it as I bowed.'
'I may have thought as much, but not aloud.'
'Well, so I came.'
(from Mountain Interval, 1916)

Light

Francis W. Bourdillon

The night has a thousand eyes,
The day but one;
Yet the light of the bright world dies
With the dying sun.

The mind has a thousand eyes,
And the heart but one;
Yet the light of a whole life dies
When its love is done.

Let me not to the marriage of true minds

William Shakespeare

Let me not to the marriage of true minds
Admit impediments; love is not love
Which alters when it alternation finds,
Or bends with the remover to remove;
O, no, it is an ever-fixed mark,
That looks on tempests and is never shaken;
It is the star to every wand''ring bark,
Whose worth''s unknown, although his highth be taken.
Love''s not Time''s fool, though rosy lips and cheeks
Within his bending sickle''s compass come; ·
Love alters not with his brief hours and weeks,
But bears it out even to the edge of doom.
If this be error and upon me proved,
I never writ, nor no man ever loved.

Time is..

Henry Van Dyke

Time is..
Too Slow for those who Wait
Too Swift for those who Fear
Too Long for those who Grieve
Too Short for those who Rejoice
But for those who Love
Time is not.

Room after room,
I hunt the house through
We inhabit together.
Heart, fear nothing, for, heart, thou shalt find her—-
Next time, herself!—-not the trouble behind her
Left in the curtain, the couch's perfume!
As she brushed it, the cornice-wreath blossomed anew:
Yon looking-glass gleaned at the wave of her feather.

The only way to bring him over

Phoebe Cary

When lovely woman wants a favor,
And finds, too late, that man won't bend,
What earthly circumstance can save her
From disappointment in the end?

The only way to bring him over,
The last experiment to try,
Whether a husband or a lover,
If he have feeling, is, to cry!

One Perfect Rose

Dorothy Parker

A single flow'r he sent me, since we met.
All tenderly his messenger he chose;
Deep-hearted, pure, with scented dew still wet-
One perfect rose.

I knew the language of the floweret;
"My fragile leaves," it said, "his heart enclose."
Love long has taken for his amulet
One perfect rose.

Why is it no one ever sent me yet
One perfect limousine, do you suppose?
Ah no, it's always just my luck to get
One perfect rose.

Love Is Not All : It Is Not Meat nor Drink

Edna St. Vincent Millay

Love is not all: it is not meat nor drink
Nor slumber nor a roof against the rain;
Nor yet a floating spar to men that sink
And rise and sink and rise and sink again;
Love can not fill the thickened lung with breath,
Nor clean the blood, nor set the fractured bone;
Yet many a man is making friends with death
Even as I speak, for lack of love alone.
It well may be that in a difficult hour,
Pinned down by pain and moaning for release,
Or nagged by want past resolution's power,
I might be driven to sell your love for peace,
Or trade the memory of this night for food.
It well may be. I do not think I would.

Stand together yet not too near together

Khalil Gibran

You were born together, and together you shall be forevermore.
You shall be together when the white wings of death scatter your days.
Aye, you shall be together even in the silent memory of God.
But let there be spaces in your togetherness,
And let the winds of the heavens dance between you.
Love one another, but make not a bond of love:
Let it rather be a moving sea between the shores of your souls.
Fill each other's cup but drink not from one cup.
Give one another of your bread but eat not from the same loaf.
Sing and dance together and be joyous, but let each one of you be alone,
Even as the strings of a lute are alone though they quiver with the same music.
Give your hearts, but not into each other's keeping.
For only the hand of Life can contain your hearts.
And stand together yet not too near together:
For the pillars of the temple stand apart,
And the oak tree and the cypress grow not in each other's shadow.

I loved you

Alexander Pushkin

I loved you; and perhaps I love you still,
The flame, perhaps, is not extinguished; yet
It burns so quietly within my soul,
No longer should you feel distressed by it.
Silently and hopelessly I loved you,
At times too jealous and at times too shy.
God grant you find another who will love you
As tenderly and truthfully as I.

When We Two Parted

George Gordon, Lord Byron

When we two parted
In silence and tears,
Half broken-hearted
To sever for years,
Pale grew thy cheek and cold,
Colder thy kiss;
Truly that hour foretold
Sorrow to this.

The dew of the morning
Sunk chill on my brow—
It felt like the warning
Of what I feel now.
Thy vows are all broken,
And light is thy fame;
I hear thy name spoken,
And share in its shame.

They name thee before me,
A knell to mine ear;
A shudder comes o'er me—
Why wert thou so dear?
They know not I knew thee,
Who knew thee too well:—
Long, long shall I rue thee,
Too deeply to tell.

In secret we met—
In silence I grieve
That thy heart could forget,
Thy spirit deceive.
If I should meet thee
After long years,
How should I greet thee?—
With silence and tears.

The Falling of the Leaves

William Butler Yeats

Autumn is over the long leaves that love us,
And over the mice in the barley sheaves;
Yellow the leaves of the rowan above us,
And yellow the wet wild-strawberry leaves.

The hour of the waning of love has beset us,
And weary and worn are our sad souls now;
Let us part, ere the season of passion forget us,
With a kiss and a tear on thy drooping brow.

Away

Walter de la Mare

There is no sorrow
Time heals never;
No loss, betrayal,
Beyond repair.
Balm for the soul, then,
Though grave shall sever
Lover from loved
And all they share;
See, the sweet sun shines,
The shower is over,
Flowers preen their beauty,

The day how fair!
Brood not too closely
On love, or duty;
Friends long forgotten
May wait you where
Life with death
Brings all to an issue;
None will long mourn for you,
Pray for you, miss you,
Your place left vacant,
You not there.

When You Are Old

William Butler Yeats

When you are old and grey and full of sleep,
And nodding by the fire, take down this book,
And slowly read, and dream of the soft look
Your eyes had once, and of their shadows deep;

How many loved your moments of glad grace,
And loved your beauty with love false or true,
But one man loved the pilgrim Soul in you,
And loved the sorrows of your changing face;

And bending down beside the glowing bars,
Murmur, a little sadly, how Love fled
And paced upon the mountains overhead
And hid his face amid a crowd of stars.

A light rain is falling over the town

Verlaine, Paul-Marie

My heart is weeping
As it rains over the town ;
What is this languor
Which is penetrating my heart?
Oh soft sound of the rain
On the ground and on the roofs!
For a heart which is bored
Oh the song of the rain!

It weeps for no reason
In this heart which is disheartened
What! No betrayal?
This mourning is for no reason
It is by far the worst pain
Not knowing why
No love, no hate
My heart has so much pain!

First Love

William Butler Yeats

Though nurtured like the sailing moon
In beauty's murderous brood,
She walked awhile and blushed awhile
And on my pathway stood
Until I thought her body bore
A heart of flesh and blood.
But since I laid a hand thereon
And found a heart of stone
I have attempted many things
And not a thing is done,
For every hand is lunatic
That travels on the moon.
She smiled and that transfigured me
And left me but a lout,
Maundering here, and maundering there,
Emptier of thought
Than the heavenly circuit of its stars
When the moon sails out.

The Flight

Sara Teasdale

Look back with longing eyes and know that I will follow,
Lift me up in your love as a light wind lifts a swallow,
Let our flight be far in sun or windy rain—
But what if I heard my first love calling me again?

Hold me on your heart as the brave sea holds the foam,
Take me far away to the hills that hide your home;
Peace shall thatch the roof and love shall latch the door—
But what if I heard my first love calling me once more?

Driving to Town Late to Mail a Letter

Robert Bly

It is a cold and snowy night. The main street is deserted.
The only things moving are swirls of snow.
As I lift the mailbox door, I feel its cold iron.
There is a privacy I love in this snowy night.
Driving around, I will waste more time.

Music I Heard

Conrad (Potter) Aiken

Music I heard with you was more than music,
And bread I broke with you was more than bread;
Now that I am without you, all is desolate;
All that was once so beautiful is dead.

Your hands once touched this table and this silver,
And I have seen your fingers hold this glass.
These things do not remember you, beloved,
And yet your touch upon them will not pass.

For it was in my heart you moved among them,
And blessed them with your hands and with your eyes;
And in my heart they will remember always, —
They knew you once, O beautiful and wise.

Mirabeau Bridge

Guillaume Apollinaire

Under the Mirabeau Bridge there flows the Seine
Must I recall
Our loves recall how then
After each sorrow joy came back again

Let night come on bells end the day
The days go by me still I stay

Hands joined and face to face let's stay just so
While underneath
The bridge of our arms shall go
Weary of endless looks the river's flow

Let night come on bells end the day
The days go by me still I stay

All love goes by as water to the sea
All love goes by
How slow life seems to me
How violent the hope of love can be

Let night come on bells end the day
The days go by me still I stay

The days the weeks pass by beyond our ken
Neither time past
Nor love comes back again
Under the Mirabeau Bridge there flows the Seine

Let night come on bells end the day
The days go by me still I stay

The Old Familiar Faces

Charles Lamb

I have had playmates, I have had companions,
In my days of childhood, in my joyful school-days;
All, all are gone, the old familiar faces.

I have been laughing, I have been carousing,
Drinking late, sitting late, with my bosom cronies;
All, all are gone, the old familiar faces.

I loved a Love once, fairest among women:
Closed are her doors on me, I must not see her—
All, all are gone, the old familiar faces.

I have a friend, a kinder friend hath no man:
Like an ingrate, I left my friend abruptly;
Left him to muse on the old familiar faces.

Ghost-like I paced round the haunts of my childhood,
Earth seem'd a desert I was bound to traverse,
Seeking to find the old familiar faces.

Friend of my bosom, thou more than a brother,
Why wert not thou born in my father's dwelling?
So might we talk of the old familiar faces.

How some they have died, and some they have left me,
And some are taken from me; all are departed;
All, all are gone, the old familiar faces.

Separation

Alfred Lord Tennyson

Your absence has gone through me
Like thread through a needle.
Everything I do is stitched with its color.
Tears, Idle Tears

Tears, idle tears, I know not what they mean,
Tears from the depth of some divine despair
Rise in the heart, and gather to the eyes,
In looking on the happy Autumn-fields,
And thinking of the days that are no more.

Fresh as the first beam glittering on a sail,
That brings our friends up from the underworld,
Sad as the last which reddens over one
That sinks with all we love below the verge;
So sad, so fresh, the days that are no more.

Ah, sad and strange as in dark summer dawns
The earliest pipe of half-awakened birds
To dying ears, when unto dying eyes
The casement slowly grows a glimmering square;
So sad, so strange, the days that are no more.

Dear as remembered kisses after death,
And sweet as those by hopeless fancy feigned
On lips that are for others; deep as love,
Deep as first love, and wild with all regret;
O Death in Life, the days that are no more

요한 볼프강 폰 괴테 (Johann Wolfgang von Goethe 1749~1832)

독일 최고의 문호. 24살 때 '젊은 베르테르의 슬픔'으로 일약 문명을 날리고 바이마르공국의 태자 카알 아우구스트에게 초대돼 약 십년간 관리 생활을 한 후 이탈리아 여행 중 로마에서 시극 '이피게니에'를 완성했다. 귀국 후 재상직을 맡으면서 소설 '빌헬름 마이스터', 희곡 '파우스트' 등을 발표, 쉴러와 함께 독일 문학의 황금시대를 이루었다. 그의 작품은 모두 자기 경험의 고백과 참회이다. 식물학 · 지질학 · 광물학 · 해부학 등의 연구에도 평생 힘을 기울였는데 그 중 '색채론'은 특히 유명하다.

존 단 (John Donne 1572~1631)

영국의 시인. 청년기에는 방종한 생활을 했으나 장년기에 이르자 국교에 귀의해 성바오로 성당의 부감독까지 올랐다. 엘리자베스조의 시풍에 반발해 생기발랄하고 대담한 연애시 · 풍자시 · 소네트를 썼지만 국교회로 들어간 후부터는 난해한 종교시를 써 훗날 형이상 시인의 선구가 된다. 그의 시는 원고대로 문인들 사이에 전승되면서 드라이든 · 브라우닝 등에게 큰 영향을 끼쳤다.

도스토예프스키 (Dostoevski 1821~1881)

모스크바의 말린스키 시립병원의 의사 미하일 도스토예프스키의 둘째아들로 태어났다. 화를 잘 내며 까다로운 성격의 아버지와 신앙심이 돈독한 어머니의 영향을 받으며 자랐다. 처녀작 '가난한 사람들' 이후에 발표되는 '죄와 벌', '백치', '악령', '카라마조프 의 형제들'로 이어지는 대장편을 통해 인생에서 모순되는 선과 악의 투쟁을 보여준다. 특히 '카라마조프의 형제들'은 그가 평생의 테마로 여겨온 사상과 종교 문제를 집대성한 세계문학의 걸작으로 꼽힌다.

로버트 블라이 (Robert Bly 1926 ~)

미국 시인. 하버드 대학을 다녔고 아이오와 대학에서 석사 학위를 받았다. 1962년에 첫 시집 '눈오는 벌판에서의 침묵' (Silence in the Snowy Fields)을 낸 뒤 지금까지 30권 이상의 시집을 내어 미국의 시단에 큰 영향을 미쳤다. 현재 미네소타 주에 있는 한 농장에서 살고 있다.

레미 드 구르몽 (Remy de Gourmont 1858~1916)

프랑스의 평론가. 상징주의 이론가였으나 비평가로서 넓은 시야를 지니고 과거를 존중하는 동시에 현재와 미래에 대해서도 큰 희망을 걸고 있었다. 저서에 '가면의 서', '프랑스 말의 미학', 소설 '침묵의 순례' 등이 있다.

어니스트 크리스토퍼 다우슨 (Dowson, Ernest Christopher 1867~1900)

1888년 옥스퍼드대학 중퇴. 어린 시절의 프랑스 생활, 12세 소녀와의 연애, 양친의 자살, 병에 의한 쇠약, 방종한 생활 등 세기말적인 체험을 바탕으로 탐미적인 시를 썼다. 특히 숙명적인 여성을 노래한 로맨틱한 시들로 알려져 있다. '시가집(Verses)' 시극 ' 없는 사랑의 피에로(he Pierrot of the Minute)', 단편집 '딜레마 Dilemmas)' 등이 유명하다.

헨리 밴 다이크 (Henry van Dyke 1852~1933)

프린스턴 대학교 졸업 후 프린스턴 신학교를 비롯한 여러 대학교에서 연구 활동을 했다. 1877년 장로교 목사 안수를 받은 뒤 뉴포트 회중교회 및 뉴욕시 브릭 장로교회에서 목회 활동을 하면서 설교자·수필가·시인으로서 명성을 얻었다. 그는 찬송시도 지었는데 베토벤의 '환희의 송가'에 붙인 "기뻐하며 경배하세"가 특히 유명하다.

윌리엄 헨리 데이비스 (William Henry Davies 1871~1940)

영국 웨일스 출생. 젊었을 때 미국으로 건너가 몇 년 동안 떠돌이 생활을 한다. 두 번째 미국 방문에서는 사고로 다리를 하나 잃는다. 첫 시집 '영혼의 파괴자(The Soul's Destroyer and other poems)'로 버너드 쇼의 인정을 받는다. 쇼가 서문을 쓴 '슈퍼 떠돌이의 자서전(The Autobiography of a Super-Tramp)'에 시인의 방랑 생활에 관련된 사연들이 담겨 있다.

에밀리 디킨슨(Emily Dickinson 1830~1886)

미국의 여성 시인. 청교도 가정에서 태어나 일생 동안 외부 세계와 담을 쌓고 지냈다. 에머스트에서 고등학교를 마친 뒤 마운트 홀리요크 신학대학에 입학하였으나 1년 만에 중퇴하고 시작에 전념하며 평생을 독신으로 지냈다. 처자가 있는 목사와의 사랑이 실연으로 끝난 뒤 그녀의 시적 재능을 발산하지만 그녀가 쓴 시 1775편 가운데 생전에 발표된 것은 단 7편에 불과하다.

그녀의 시는 자연과 사랑 외에도 청교도주의를 배경으로 한 죽음과 영원 등의 주제를 많이 다루고 있다. 간단명료하고 윤곽이 뚜렷한 시풍으로 이미지즘의 선구자로 꼽힌다.

D. H. 로렌스 (D. H. Lawrence 1885~1930)

영국의 소설가 · 신인 · 평론가. 영국 노팅검에서 광부의 아들로 태어났다. 그의 생애에 대해서는 그의 자전적 소설 '아들과 연인(Sons and Lovers)'을 보면 많은 것을 알 수 있다. 기계 문명에 위축된 정신세계와 성적 에너지의 회복을 주장하였다. '채털리 부인의 연인(Lady Chatterley's Lover)'은 과감한 성적 묘사로 한때 외설문학으로 치부되어 여러 나라에서 출판이 금지되는 우여곡절을 겪었지만 이제는 진지하고도 문학성 높은 작품으로 평가받고 있다.

크리스티나 로제티 (Christina Rossetti 1830 ~1894)

영문학사에서 아주 중요하게 평가받고 있는 여성 시인 가운데 한 명이다. 화가이자 시인인 댄티 게이브리얼 로제티의 누이동생이다. 경제적으로는 매우 궁핍한 생활을 했다. 영국국교회 신도였던 그녀는 약혼자가 가톨릭신자라는 이유로 결혼을 포기하기도 했다. 오빠가 삽화를 그려 넣은 '요귀시장(Goblin Market and Other Poems)'과 '왕자의 편력(The Prince's Progress and Other Poems)'을 출판해 호평을 받았다. 아서 휴스가 삽화를 그린 '동요집 (Nursery Rhyme Book)'은 19세기 아동도서로 최고의 평가를 받고 있다. 앨프리드 테니슨을 계승할 유망한 계관시인 후보로 여겨졌으나 1891년에 암으로 사망한다. 그녀는 늘 영혼의 순수성을 추구하면서 성녀 같은 삶을 살았지만 가슴 한편에는 열정적이고 관능적인 기질이 자리 잡고 있었다.

피에르 드 롱사르 (Ronsard, Pierre de 1524~1585)

프랑스 루아르 지방에서 출생. 프랑수아 1세의 황태자 오를레앙公의 시종으로 입궁해 스코틀랜드 · 독일 등에 머물렀다. 18세 때 병으로 청각에 이상이 생겨 사임하고 파리의 코크레 학원에 입학하여 고대문학 연구에 몰두하였다. '엘렌의 소네트(Sonnets pour Hlne)'는 사랑과 더불어 노쇠와 죽음을 음영(陰影)으로 묘사한 롱사르 시의 최고봉이다. 생콤의 수도원에서 생애를 마친 롱사르는 16세기 프랑스 최대의 시인이며, 중세 서정시와 근대의 상징시를 잇는 계승자 역할을 했다.

헨리 워즈워드 롱펠로(Henry Wadsworth Longfellow 1807~1882)

미국에서 대중적 인기를 가장 많이 받은 시인. 보든 대학을 졸업하고 유럽에 유학한 뒤 귀국해서 모교의 교수가 되었다. 몇 년 뒤에는 하버드 대학 교수가 된다. 롱펠로는 첫 번째 부인을 잃은 후 스위스에서 프랑세즈 애플튼이라는 여자를 사랑하게 되어 재혼하지만 그녀는 사고로 사망한다. '하이피리언(Hyperion)'은 애플튼을 모델로 쓴 소설이다. 대표작으로는 식민지 전쟁을 배경으로 한 비련의 이야기 시 '에반젤린(Evangeline)', 인디언 영웅의 신화적 이야기 '하이어와터의 노래(The Song of Hiawatha)'가 있다.

데니스 리 (Dennis Lee 1939 ~)

캐나다 시인. 1972년 시집 '시민의 비가(Civil Elegies and Other Poems)'로 권위 있는 문학상 가운데 하나인 Governor General's Award를 받았다. '악어 파이(Alligator Pie)'는 어린이 용 시집으로 장기 베스트셀러가 되고 있다. 그의 시는 캐나다의 지명, 지방 문화의 특성, 환경 문제 등을 다루어 캐나다 민족 정체성을 표현하려는 노력이 두드러지지만 캐나다 밖의 전세계 영어권에서도 널리 인기를 얻고 있다.

리제트 우드워드 (Lizette Woodworth 1856~1935)

미국 메릴랜드주 출신의 시인. 45년간 교사 생활을 하였고 그 가운데 21년은 볼티모어의 웨스턴 고등학교에서 가르쳤다. 그녀의 시는 강렬하고 간결하여 가끔 에밀리 디킨슨의 시와 비교되기도 한다. '세월(Years)'이라는 소네트가 가장 유명하다.

라이너 마리아 릴케(Reiner Maria Rilke 1875~1926)

독일의 시인·소설가. 뮌헨·베를린 대학에서 수학하고 장기간에 걸쳐 러시아를 두 번 여행하였다. 그 후 파리로 이주해 조각가 로댕의 비서로 지내기도 했다. 만년에는 스위스에서 살다 그 곳에서 사망했다. 대표작은 감상적인 서정시 '형상시집', 소설 '말테의 수기'가 있다.

존 크로우 랜섬 (John Crowe Ransom 1888~1974)

미국의 시인·비평가. 목사의 아들로 태어났다. 내슈빌시의 밴더빌트대학교에 입학한 후 다시 1910년에 영국으로 건너가 옥스퍼드대학교에서 공부했다. 귀국해 모교의 영문학 교수가 되고 잡지 '퓨지티브(The Fugitive)'를 창간했다. 그후 이 잡지를 중심으로 모인 문인들을 퓨지티브 그룹이라고 불렀다. 1958년 70세로 은퇴할 때까지 문학 비평가와 잡지편집자로서 문단에 크게 기여했다.

찰스 램 (Charles Lamb 1775 ~ 1834)

영국의 수필가 · 시인. 크라이스트 호스피틀이라는 빈민자제 학교를 나와
남해상회 및 동인도회사의 회계원으로 일하였으나 문학에 뜻을 두고 있었
다. 동창이었던 S. T.콜러리지를 비롯하여 여러 시인들과 교류를 맺었다.
1796년 누이인 메리가 정신 발작을 일으켜 어머니를 살해한다. 램은 자신에
게도 같은 병의 유전(遺傳)이 있음을 알고, 평생 독신으로 누이를 간호하며
생활하였다. 1807년에 누이와 합작으로 ‘셰익스피어 이야기(Tal es from
Shakespeare)’를, 1808년에는 ‘율리시스의 모험(The Adventures of
Ulysses)’을 발표했다. 이 책들은 소년 · 소녀들을 위한 명저로 오늘날에도
널리 읽혀지고 있다. ‘엘리아의 수필(Essays of Elia)’은 주변의 삶을 유머
와 페이소스(pathos)로 관찰하여 써 낸 것으로 영국 수필의 걸작으로 평가
받고 있다. 그의 만년은 어두웠다. 자신도 누이와 같은 정신병으로 괴로움
을 겪었다. 어느 날 런던 거리를 산책하던 중 돌에 걸려 넘어져 얼굴에 입은
부상으로 사망하게 된다.

드니즈 레버토브 (Denise Levertov 1923~1998)

영국 태생의 미국 시인. 20대에 미국으로 이민하여 윌리엄 칼로즈 윌리엄즈
의 영향을 받았다. 1960년대와 70년대의 반전운동과 반핵운동에 페미니스
트 운동가로 참여했으며 1982년부터 1993년 사이에는 스탠퍼드대학에서
가르쳤다. 시집으로 ‘댄스의 슬픔(The Sorrow Dance)’이 있다.

이브 메리엄 (Eve Merriam 1916~1992)

미국 필라델피아 출신의 시인 · 극작가 · 연출가. 코넬 · 펜실베이니아 · 위스
콘신 · 컬럼비아 대학을 다녔고 여러 학교와 기관에서 강의했다. 1946년에
펴낸 첫 시집 ‘가족 서클(Family Circle)’은 예일대학교 젊은 시인 총서에 선
정되었다. 아동을 위한 그림책과 시집들도 많이 펴냈다.

W. S. 머윈 (W. S. Merwin 1927 ~)

미국 뉴욕 태생의 시인. 프랑스, 포르투갈, 마조르카 등 세계의 여러 곳에서
살았다. 최근에는 하와이 제도의 마우이 섬에서 희귀 야자수를 기르며 살고
있다고 한다. 15권 이상의 시집을 냈고 시와 관련된 많은 상을 받았다. 중요
시집에는 ‘강의 소리(The River Sound)’, ‘꽃과 손(Flower and Hand)’이 있
다. 그밖에 20권 이상의 번역서, 희곡, 4권의 산문집을 냈다.

월터 드 라 메어 (Walter de la Mare 1873~1956)

영국의 시인 · 소설가. 신교도 위그노의 후예. 중학교를 중퇴한 후 석유회사 사원을 지내면서 문필에 종사. 1920년 시집 '어렸을 때의 노래(Songs of Childhood)'를 냈다.1908년 퇴사 후 신문 · 잡지에 신간 비평을 하면서 문학에 전념했다. 대표작으로 소설에 '귀환(The Return)', 시집에 '귀 기울이는 사람들(Listeners)'이 있다

도로시 파커 (Dorothy Parker 1893~1967)

미국의 단편소설가 · 시인. 위트에 가득 찬 시와 소설로 이름을 떨쳤다. 에드윈 폰드 파커 2세와 결혼했으나 이혼한다. 잡지사 'Vanity Fair'에서 드라마 비평가로 활약하다 신랄한 독설로 쫓겨난 뒤 주로 자유기고가로서 활동했다. 위트와 냉소에 넘치는 경쾌한 시들로 채운 첫 시집 '충분한 밧줄(Enough Rope)'이 짧은 시간에 베스트셀러가 됐다. 앨런 캠벨과 두 번째로 결혼한 뒤 할리우드로 가서 시나리오 작가로 활약했다. '스타 탄생(A Star Is Born)'은 아카데미상에 추천된 이들 부부의 작품이다. 2차 대전 후 할리우드를 휩쓴 반공주의에 대항한 좌파 운동가이기도 했다.

에드나 빈센트 밀레이 (Edna Vincent Millay 1892~1950)

미국의 여류 시인이자 극작가. 바사 대학을 졸업하던 해에 첫 시집 '재생(Renascence and Other Poems)'을 펴냈다. 이 시집에서 보여준 완숙한 기교와 아름다움에 대한 동경은 문단을 놀라게 했다. 그녀는 순수 서정시인이었지만 정치 · 사회 문제에도 관심을 보였으며 여배우로 활동하기도 했다. '두 번째의 사월(Second April)', 퓰리처상을 받은 '하프 제작자의 발라드(Ballad of The Harp Weaver)', '한밤의 대화(Conversation at Midnight)' 등의 시집을 남겼다. 그녀는 대담할 정도로 솔직한 관능적 표현과 새로운 자유와 모럴을 생활 속에서 실천하며 산 여성으로도 유명하다.

조지 고든 로드 바이런(George Gordon, Lord Byron 1788 ~ 1824)

영국 런던 출신의 시인이자 풍자가. 독일의 문호 괴테가 "유럽적 현상"이라고 일컬은 낭만적 반항아 신드롬을 불러 일으켰다. 태어날 때부터 절름발이였지만 수영과 복싱 등의 스포츠에 만능이었고, 유럽 여인들의 가슴을 한없이 설레게 했던 미남 귀족이었다. 1807년에 첫 시집 '한가로운 시간(Hours of Idleness)'을 출판하였고, 1809년에 상원의원이 되었다. 1812년 '해럴드 공자의 편력'을 출판하여 선풍적인 인기를 얻었다.

로버트 번스 (Robert Burns 1759~1796)

영국 스코틀랜드 출신의 시인. 가난한 농부의 아들로 태어나 민중적인 의식을 가진 시인으로 성장하였다. 농업에 종사하고 여러 여성에게 마음이 끌려 아름다운 시를 많이 지었다. 실연과 농사 실패로 자메이카섬으로 가도록 권고를 받아았는데 그 뱃삯을 벌기 위해 '주로 스코틀랜드 방언으로 쓴 시(Poems chiefly in the Scottish Dialect)'를 출판, 호평을 받았다.

폴 베를렌 (Paul Verlaine 1844~1896)

프랑스의 서정 시인. 스물두살 때부터 시작을 하였다. 1870년 결혼하고 같은 해 그의 시작에 결정적인 영향을 주는 랭보와 교유를 시작해 7월에 아내를 버리고 랭보와 함께 영국·벨기에를 유랑했다. 두 사람의 우정은 비극적으로 끝난다. 베들렌은 랭보에게 권총을 쏘아 손목에 부상을 입히고 자신은 2년간 투옥되었으며 옥중에서 아내와 이별했다. 감옥에서 가톨릭에 귀의한 이후 종교시 '예지'를 펴냈다.

샤를 피에르 보들레르 (Charles-Pierre Baudelaire 1821~1867)

프랑스 시인·평론가. 어렸을 때 아버지를 잃고 의붓아버지 밑에서 자랐다. 성년이 되어 재산을 상속받았으나 방탕한 생활에 빠져 2년 동안에 유산을 거의 탕진해 버린다. 애드가 앨런 포우에 심취해 큰 영향을 받았다. 1857년에 '악의 꽃'(Les Fleurs du Mal)을 발표. 1867년 여름에 실어증 상태에서 46세의 나이로 세상을 떠난다. 그의 시는 베를렌·랭보·말라르메 등 상징파 시인들에게 큰 영향을 미쳤다.

엘리자베스 배럿 브라우닝(Elizabeth Barrett Browning 1806~1861)

영국의 여류 시인. 8세 때 그리스어로 호메로스를 읽고 14세에 첫 시를 발표한 조숙한 천재였다. 병상에 누워 있을 때 6세 연하의 시인 로버트 브라우닝(Robert Browning)과 편지로 사귀기 시작한 뒤 곧 사랑에 빠졌으나 부모의 반대에 부닥쳐 1846년에 몰래 결혼해 이탈리아로 달아난다. 그 뒤 15년 동안 이탈리아에서 살면서 남편과 함께 왕성한 창작 활동을 한다. 이들의 연애는 영문학사상 가장 아름다운 로맨스로 알려져 있다. 대표작으로는 로버트 브라우닝에 대한 애정을 담은 '포르투갈 말에서 번역한 소네트집(Sonnets from the Portuguese)이 있다. 크리스티나 로제티(Christina Rossetti)와 함께 영국에서 가장 뛰어난 여성 시인으로 평가받는다.

프랜시스 윌리엄 부르디옹 (Francis William Bourdillon 1852~1921)

영국 서섹스 출신의 시인. 옥스퍼드의 우스터 대학에서 수학했다. 13권의 시집을 냈다. 그가 남긴 500여편의 시 가운데 '밤에는 천개의 눈이 있다 (The Night Has a Thousand Eyes)' 로 유명해졌다. 고대 프랑스어 시와 연대기를 번역하기도 하였다.

조이 에이킨스 (Zoe Akins 1886~1958)

미국의 시인이자 극작가. 미주리주 휴먼즈빌에서 태어났다. 1914년에 'Papa' 라는 희곡으로 드라마계에 발을 들여놓았다. 1929~1930년에 공연된 'The Greeks Had a Word For It' 으로 인기를 얻었다. 1935년에는 이디스 훠튼의 소설 '노처녀(The Old Maid)' 를 극화하여 퓰리처상을 받았다. 그 외에도 한 편의 소설(Forever Young)과 두 권의 시집을 남겼다.

윌리엄 블레이크 (william blake 1757~1827)

영국의 시인 · 화가 · 신비주의 사상가. 자신이 삽화를 그리고 채색한 '무구의 노래(Songs of Innocence)' 에는 어린이의 눈으로 세계를 긍정하고 있고 '경험의 노래(Songs of Experience)' 에서는 어른의 눈으로 세계를 회의적으로 바라보고 있다. 그 뒤 '예언서' 로 일컬어지는 많은 장시를 썼다. 그는 살아 있는 동안 제대로 인정받은 적이 없어 70평생을 가난하게 지내다 이름 없는 예술가로 세상을 떠났다.

칼 샌드버그 (Carl Sandburg 1878~1967)

미국의 시인 · 역사학자 · 소설가 · 민속학자. 11세부터 이발소 급사, 우유 배달차 운전수, 벽돌공, 밀 농장 일꾼 등 여러 가지 일을 했고, 1898년에 미국－스페인 전쟁이 터졌을 때는 일리노이 제6보병대에 입대하기도 했다. 대표작으로는 '굿모닝 아메리카(Good Morning, America)', '그렇다, 민중이여(The People, Yes)' 등이 있다. 에이브러햄 링컨 전기를 써서 1939년과 1940년에 역사 부문 퓰리처상을 받았다.

사포 (Sappho, B.C. 612~?)

에게해 레스보스섬의 미틸레네 출생. 귀족 명문 출신으로 당시의 정치적 분쟁을 피하여 한때는 시칠리아섬에 살았으나, 생애의 대부분은 레스보스섬에서 지냈다. 레스보스섬의 아이오리스 방언으로 시를 짓고, 그녀 자신의 이름도 그 방언으로 사포라고 불렀다. 때때로 아름다운 사포라고 묘사되고 있으나, 사실은 추한 여인이라는 설도 있다. 아무튼 미의 여신 아프로디테에 견줄 만한 미인으로 이상화된 모습이 전해져 내려왔다. 시의 여신으로 칭송받는 사포는 남편이 죽은 뒤에는 소녀들을 모아 음악 · 시를 가르쳤으며, 문학을 애호하는 여성 그룹을 중심으로 활약한 것으로 알려져 있다.

헨리 데이비드 소로 (Henry David Thoreau 1817~1862)

미국 매사추세츠주 콩코드 출신의 저술가. 하버드 대학을 졸업했으나 부와 명성을 쫓는 화려한 생활을 따르지 않고 고향으로 돌아와 측량일이나 목수 일 등의 노동으로 생계를 유지하면서 글을 썼다. 그러나 소로는 생전에 자신의 저술로 그 어떤 경제적인 성공이나 주목을 받지는 못했다. 1845년 월든 호숫가의 숲 속에 들어가 통나무집을 짓고 밭을 일구면서 자급자족한 2년간의 경험을 기록한 '월든'(walden)도 1854년 출간 당시에는 별다른 주목을 끌지 못했지만 오늘날 19세기에 쓰여진 가장 중요한 책들 중의 하나로 평가받고 있다. 인두세 납부를 거부하여 수감되었던 사건을 통해 개인의 자유에 대한 국가 권력의 의미를 깊이 성찰한 그의 또 다른 책 '시민의 불복종'은 세계의 역사를 바꾼 책으로 꼽히고 있다.

기욤 아폴리네르 (Guillaume Apollinaire 1880~1918)

프랑스 시인. 이탈리아인 아버지와 폴란드인 어머니 사이의 사생아로 출생. 1차대전에도 참전. 1918년 전쟁의 이미지와 사랑의 번민이 가득한 시집 '칼리그람(Calligrammes)'을 출간.전쟁 때 입은 부상으로 건강이 악화돼 인플루엔자에 걸려 세상을 떠났다.

윌리엄 셰익스피어 (William Shakespeare 1564~1616)

영국의 세계적인 문호. 그는 에이븐 강 가의 스트래트퍼드(Stratford-upon-Avon)에서 태어나 청년기에 런던으로 상경, 배우 · 희곡작가 · 시인으로 활동했다. 교육적 배경은 모호하지만 책을 많이 읽고 상상력이 뛰어난 천재였던 것은 확실하다. 당대 최고의 인기를 누렸고 엘리자베스 여왕의 총애도 받았다고 한다. 그는 37편의 희극, 비극, 사극과 154편의 소네트를 썼다. 그가 사용한 말은 오늘의 각종 인용구 사전에서 가장 많은 수를 차지할 정도로 많은 사람들의 입에 오르내리고 있다.

엘러 휠러 윌콕스 (Ella Wheeler Wilcox 1850~1919)

미국의 시인, 작가, 저널리스트. 어렸을 때부터 대중문학을 탐독하였고 14세에 신문에 첫 작품을 발표하였다. 위스콘신 대학에서 공부. 1872년에 첫 시집 '낙수(Drops of Water)'를 펴냈고 다음해 종교적인 시집 '조가비들(Shells)'을 냈다. 1883년에 에로틱한 연애 시집 '정열의 시들(Poems of Passion)'을 펴내 대성공을 거두었다.

콘래드 에이컨 (Conrad Potter Aiken 1889~1973)

미국의 시인 · 소설가 · 비평가. 어렸을 때 의사인 아버지가 어머니를 죽이고 자살한 사건으로 엄청난 충격을 받는다. 하버드 대학 재학 시절 T. S. 엘리어트의 급우였다. 기자 생활을 하면서 글쓰기에만 전념하여 평론과 시를 썼다. 결혼은 두 번하였다. 1930년 '선택된 시들(Selected Poems)'로 퓰리처상을 수상했다. 모더니스트 시인들과 교유하며 그들의 영향을 많이 받았으나 전반적으로는 전통적인 서정시를 더 많이 썼다.

퍼시 비시 셸리 (Percy Bysshe Shelley 1792~1822)

영국의 낭만 시인. 부유한 지주이자 준남작의 큰아들로 태어나 명문 이튼 학교를 거쳐 옥스퍼드의 유니버시티 칼리지에 들어가 공부했다. 셸리는 누이동생의 친구 해리엇 웨스트브룩을 만나 결혼한다. 이때 해리엇의 나이는 16세, 셸리는 19세. 하지만 곧 셸리는 16세 소녀 메리 고드윈과 사랑하게 됨으로써 괴롭고도 행복한 사랑의 삼각관계에 빠지고 만다. 해리엇은 셸리와 메리가 프랑스, 스위스로 달아나자 호수에 빠져 자살하고 만다. 셸리는 이 사건의 충격에서 벗어난 뒤 1816년에 메리와 결혼한다. 1820년 셸리는 이전

의 유럽 여행에서 우의를 쌓았던 시인 바이런(Lord Byron)을 만나고 건강
진단도 받을 겸 이탈리아의 피사에 갔다가 영영 돌아오지 못하게 된다. 자신
의 요트 '돈주안호'를 타고 이탈리아에서 돌아오던 중 갑작스런 돌풍으로
배가 가라앉는 바람에 익사하고 만 것이다. 30세의 젊은 나이였다. 그의 시
'오지만디어즈(Ozimandias)', '서풍부(Ode to the West Wind)'가 널리 읽
히고 있다.

앨프레드 조이스 킬머 (Alfred Joyce Kilmer 1886~1918)

미국의 시인 · 저널리스트. 뉴욕타임스의 편집인을 지냈다. 뉴욕 대학의 저
널리즘 강좌를 맡으면서 많은 대중적인 시를 썼다. 1차대전에 종군하다 프
랑스에서 전사했다. 시집으로는 '사랑의 여름(Summer of Love)'이 있다.

토머스 엘리어트 (Thomas Stearns Eliot 1888~1965)

영국에 귀화한 미국 시인 · 극작가 · 비평가. 1차 세계대전과 2차 세계대전
사이에 예술의 전통적인 사고와 기법을 타파하는 새로운 주장을 내세우며
모더니즘 운동을 이끌어 20세기 문화에 지대한 영향을 끼쳤다. 1948년 노벨
문학상을 받았다. 1차대전 후 지성인들의 혼란을 노래한 장시 '황무지(The
Waste Land)'는 '사월은 잔인한 달'이라는 말을 세계적으로 유행시켰다.
그가 어린이들을 위해 쓴 시 '늙은 주머니쥐의 고양이에 관한 책(Old
Possum's Book of Practical Cats)'을 토대로 제작한 뮤지컬 '캣츠(Cats)'
는 1981년 영국에서 초연된 후 지금까지도 공연되고 있다.

윌리엄 버틀러 예이츠 (William Butler Yeats 1865~1939)

아일랜드 출신의 시인. 화가의 아들로 태어나 더블린 · 런던 등지에서 화가
가 되려고 미술학교에 다니기도 했지만 곧 문학으로 진로를 바꾸었다. 정통
적인 기독교 대신 여러 형태의 신비주의 · 민담 · 영매술 · 신플라톤사상 등
에 몰두한 예이츠는 환상적인 주제를 즐겨 다루었다. 그의 시는 스펜서 · 셸
리 · 블레이크로부터 영향을 받아 낭만주의의 향기를 풍긴다. 주요 소재도
시냇물 · 언덕 · 바위 · 숲 · 바람 · 구름 등이었다. 아일랜드 독립운동에도
적극 참가하여 아일랜드가 독립국이 된 뒤에는 그 공으로 원로원 의원이 되
기도 하였다. 1923년에 노벨문학상을 받았다. 주요 시집으로 '오이진의 방
랑기(The Wanderings of Oisin and Other Poems)', '마지막 시집(Last
Poems)' 등이 있다.

위스턴 휴 오딘 (Wystan Hugh Auden 1907~1973)

영국 태생의 미국 시인. 옥스퍼드대학 출신. 엘리어트의 신시 운동에 참가
했다. 정신병리학과 마르크스주의 에 천착한 그는 중산층의 몰락을 풍자한
시를 많이 지었다. 2차대전 후 미국에 귀화한 후로는 정통적 신앙 세계로 돌
아가 바로크풍의 목가 '불안의 시대(The Age of Anxiety)'를 출판, 퓰리처상
을 받았다.

윌리엄 워즈워드 (William Wordsworth 1770~1850)

영국의 계관시인. 영국 북부에서 변호사의 아들로 태어났으나 어린 시절에
부모를 잃고 백부의 보호 아래 성장했다. 케임브리지 대학을 마치고 프랑스
로 건너간 워즈워드는 절정기에 이른 프랑스 혁명을 목격하고 큰 감명을 받
는다. 프랑스 혁명으로 영국과 프랑스 사이의 국교가 악화되자 그는 공화주
의적인 정열과 조국애 사이의 갈등으로 깊은 고뇌에 빠진다. 그후 S. T. 코
울리지와 친교를 맺고 그로부터 많은 영향을 받는다. 1798년에 공동으로 펴
낸 '서정민요집(Lyrical Ballads)'에서 코울리지가 초자연적이고도 환상적인
세계를, 워즈워드는 전원과 시골을 배경으로 한 자연의 장엄함을 다룸으로
써 낭만주의 부활의 한 획을 긋는다.

존 보일 오라일리 (John Boyle O'Reilly 1844~1890)

아일랜드 출신의 시인이자 소설가. 소년기에 아일랜드 자치를 위해 활동하
다 체포돼 오스트레일리아에서 20년의 노역형을 치르던 중 1869년 미국의
한 포경선 선장의 도움을 받아 오스트레일리아를 탈출해 미국으로 건너간
다. 1870년 보스톤에서 'The Pilot'의 편집자가 된다. 네 권을 시집 'Songs
of the Southern Seas', 'Songs, Legends, and Ballads', 'The Statues in
the Block', 'In Bohemia'과 오스트레일리아의 경험을 담은 소설
'Moondyne'을 남겼다. 독실한 가톨릭 신도로서 미국의 가톨릭 신앙의 발
전에 큰 영향을 끼쳤다.

칼릴 지브란 (Khalil Gibran 1883~1931)

레바논 태생의 미국 수필가 · 소설가 · 신비주의 시인 · 화가. 베이루트에서
초등교육을 받았고 1895년 부모와 함께 미국의 보스턴으로 이주했다. 1912
년 뉴욕에 정착하여 아랍어와 영어로 문학수필과 단편소설을 쓰고 그림을
그리는 데 열중했다. 그의 문학작품과 미술작품은 성서와 프리드리히 니

체, 윌리엄 블레이크의 영향을 받았다. 대표작으로는 시집 '산골짜기의 요정(Aris al-Murj)', '눈물과 미소(Damah wa Ibtismah)', '선구자(The Forerunner)', '예언자(The Prophet)가 있다.

피비 케어리 (Phoebe Cary 1824~1871)

미국 오하이오주 출신의 시인. 네 살 위인 언니 앨리스 케어리와 함께 케어리자매로 불리기도 한다. 언니 역시 작가이자 시인이다. 이들 자매는 주로 농장에서 자라 학교 교육은 별로 받지 못했으나 앨리스는 어머니로부터, 피비는 언니로부터 글쓰기를 배워 어린 시절부터 보스턴 신문에 시를 발표하기 시작했다. 에드가 앨런 포우 등의 유명 시인들이 자매의 시를 주목하고 1850년에 '앨리스와 피비 케어리 시집(Poems of Alice and Phoebe Cary)'의 출간을 도와준다. 이 시집이 호평을 받자 케어리 자매는 뉴욕으로 건너가 활동하게 된다. 언니보다 과작이었던 피비는 두 권의 시집 '시와 패러디(Poems and Parodies)', '믿음과 희망과 사랑의 시(Poems of Faith, Hope and Love)'를 남겼다.

새러 티즈데일 (Sara Teasdale 1884 ~ 1933)

미국의 시인. 개인적인 주제의 짧은 서정시들을 고전적 단순성과 차분한 강렬함으로 표현하여 주목받았다. 시인 배첼 린지의 구혼을 거절하고 1914년 세인트루이스의 사업가인 에른스트 필싱어와 결혼한다. 1929년 이혼한 뒤 뉴욕 시로 옮겨 칩거생활을 하다가 1933년에 자살한다. 1907년 처녀시집 '두제에게 바치는 소네트(Sonnets to Duse and Other Poems)'가 호평을 받았고 '바다로 흐르는 강물(Rivers to the Sea)'을 펴내 인기 시인으로 자리를 굳혔다. 1918년에는 '사랑의 노래(Love Songs)로 시 부문 퓰리처상을 받았다.

로버트 헤릭 (Robert Herrick 1591~1674)

런던 출생. 1620년 케임브리지대학교 졸업. 1623년 성공회 목사가 되었다. 내란 때인 1647년 청교도에 의해 성직에서 쫓겨나 런던에 돌아온 후 1662년 목사로 생애를 마쳤다. 왕당파서정시인인 그의 시작품은 '헤스페리데스(Hesperides)'에 수록돼 있다. B.존슨의 시풍을 계승하여 격조를 갖춘 목가적 서정시를 발표, 신변의 가련한 것들에 대한 아름다움을 정묘하게 읊었다.

앨프레드 로드 테니슨 (Alfred Lord Tennyson 1809 ~ 1892)

영국의 시인. 로버트 브라우닝과 함께 빅토리아 시대의 대표적인 시인이다. 케임브리지의 트리니티 칼리지에 다녔으나 부친이 빚을 남기고 죽는 바람에 학업을 중단하고 만다. 10대가 되기 전에 뛰어난 글 솜씨를 보였고 17세에 형들과 '두 형제 시집(Poems by Two Brothers)'을 출간한다. 1830년에 '서정시집 (Poems, Chiefly Lyrical)'을 출간. 그의 여동생 에밀리를 사랑하게 된 친구 할람이 1833년 외국 여행 중에 갑자기 죽자 커다란 충격을 받고 오랫동안 절망적인 상태를 벗어나지 못한다. 그 해부터 죽은 친구를 추모하는 긴 시를 쓰기 시작한다. 이 시는 1850년에 '인 메모리엄(In Momoriam)'이라는 제목으로 출판돼 큰 성공을 거둔다. 대표작으로는 '아서 왕의 죽음(Morte d'Arthur)', '공주(The Princess) 등이 있다.

알렉산데르 푸슈킨 (Alexander Pushkin 1799~1837)

러시아 시인·소설가. 모스크바에서 명문 귀족 집안에서 태어나 상트 페테르부르크 근교의 차르스코예셀로의 전문학교에 다녔다. 졸업 후 혁명적 사상가 차다예프와 교류하면서 농노제 타도의 정치사상을 굳혀갔다. 1824년에는 국외 망명에 실패한 뒤 미하일로프스코에 마을에 유폐되어 서사시 '집시(Tzygan)'를 완성하고, 사실적인 시형소설(詩形小說) '예프게니 오네긴(Evgenii Onegi)'을 집필한다. 그의 유폐생활은 도리어 그에게 높은 사상적·예술적 성장을 가져다주었다. 이어 나온 '대위의 딸(Kapitanskaya dochka)'은 19세기 러시아 리얼리즘 문학의 기초를 놓았다. 1837년 그는 아내를 짝사랑하는 프랑스 망명귀족과 결투하여 부상당한 뒤 38세의 나이에 세상을 떠났다.

에드가 앨런 포우 (Edgar Allan Poe 1809 ~ 1849)

미국의 시인·평론가·단편소설작가. 배우였던 양친을 일찍 여의고 부유한 상인이었던 존 앨런의 양육을 받았다(포의 가운데 이름 Allan은 여기에서 온 것). 어렸을 때 영국으로 건너가 몇 년 동안 고전 교육을 받았다. 나중에 미국의 버지니아 대학에 다녔으나 도박에 빠져 대학을 그만두었다. 27세였던 1836년, 13세의 사촌동생 버지니아 클렘과 결혼한다. 가난에 찌들렸던 포우는 술에 의지해 살았고 그 때문에 직장에서 해고되기도 했다. 탐정소설

‘모르그가의 살인사건(The Murders in the Rue Morgue)’, ‘황금벌레(The Gold Bug)’ 등으로 그의 이름을 드높였다. 1847년 아내 버지니아가 죽은 뒤 포우는 술에 빠져 살다가 볼티모어의 한 부인의 생일 파티에서 폭주를 한 뒤 세상을 떠나고 말았다. 포우는 프랑스 시인 샤를 보들레르에게 깊은 영향을 미쳤다.

헤르만 헤세 (Hermann Hesse 1877~1962)

독일의 낭만주의 경향의 소설가이자 시인. 자연과 인간을 사랑하고 방랑과 자유를 사랑했으며 서정적인 문학으로 시종일관, 현대 신낭만주의 문학의 완성자로서 노벨 문학상을 받았다. ‘시집(Gediche)’ 다음으로 발표한 장편 소설 ‘페터 카멘진트(Peter camenzind)’로 유명해졌다. 1차대전 때 반전론자로 지목받아 스위스로 국적을 옮겼다.

월트 휘트먼 (Whitman, Walt 1819~1892)

뉴욕주 롱아일랜드 출생. 목수인 아버지와 민주적 기풍을 지닌 네덜란드 이민 출신의 어머니의 영향을 받았고 T. 페인의 인권사상에 심취했다. 가정 사정으로 초등학교를 중퇴하여 인쇄소 직공으로 일하면서 독학했다. 1855년 자비출판한 시집 ‘풀잎(Leaves of Grass)’에는 미국의 적나라한 모습을 담은 시들이 수록돼 있다.

에즈러 파운드 (Ezra Pound 1885~1972)

미국 시인. 해밀턴 대학을 졸업하고 펜실베이니아 대학에서 연구하다 런던으로 건너가 활동하였다. 1910년대에 이미지즘 시 운동을 주도하고 모더니즘 문학의 정신적 지도자 역할을 하였다. T. S. 엘리어트의 천재성을 알아보고 그를 도왔으며 엘리어트가 자신의 시 ‘황무지(The Waste Land)’를 보여주었을 때 그 시의 절반을 잘라버리라고 충고한 일은 유명하다. ‘휴 셀윈 모벌리(Hugh Selwyn Mauberly)’와 ‘캔토즈(Cantos)’가 대표작이다. 1924년 이탈리아로 건너가 살았는데 2차대전 때 무솔리니 정부에 협력한 탓으로 전쟁이 끝난 뒤 국가반역자로 재판을 받았다. 많은 동료 문인들이 탄원을 하였고 그 뒤 정신이상 판정을 받아 석방된 뒤 여생을 이탈리아에서 보냈다.

알프레드 하우스먼 (Housman, Alfred Edward 1859.~1936)

영국 우스터셔주 출생. 옥스퍼드대학교를 마치고 1882년 특허국의 관리가 되었으며, 이후 11년간 야간에 대영박물관에서 독학하여 독자적인 학문적 업적을 달성, 런던대학교와 케임브리지대학교에서 라틴어 교수를 역임했다. 시집 '슈롭셔의 젊은이(A Shropshire Lad)', '마지막 시집 Last Poems)'을 남겼다.

랭스턴 휴스 (Langston Hughes1902~1967)

미국 미주리주 출신의 흑인 문학의 거장. 젊은 생애를 웨이터 조수나 화물선 선실보이와 같은 하류 직업을 전전하며 보냈다. 그러면서도 그는 삶에 대한 연민과 꿈을 잃지 않았다. 이러한 점은 어둡지만 따스한 그의 작품 속에 잘 드러난다. 한때 부친의 강요로 콜롬비아 대학에 입학하기는 했지만 곧 중퇴한 후 근처 할렘가와 술집들을 떠돌며 흑인들의 삶과 비애를 몸으로 배웠다. '지친 블루', '흑인 댄서', '할렘 나이트 클럽' 등의 시가 유명하다.

로버트 프로스트 (Robert Frost 1874~1963)

미국의 국민시인으로 추앙받고 있는 시인이다. 샌프란시스코 태생. 9살 때 아버지가 사망하자 선조가 대대로 살아왔던 뉴잉글랜드로 돌아와 어머니와 외조부 밑에서 자랐다. 고등학교를 수석으로 졸업하고 다트머스 대학에 입학하지만 곧 자퇴한 후 공장의 직공·교사·신문기자 생활을 한다. 다시 하버드대학에 입학하지만 2년 뒤 학교를 그만 두고 농장으로 생활의 터전을 옮긴다. 그 후 농장을 처분하고 가족과 영국에서 머무는 3년 동안 '소년의 의지(A Boy's Will)'와 '보스턴 북부(North of Boston)'를 출간한다. 케네디 대통령 취임식에서 자작시를 낭송하기도 했다. 퓰리처상을 네 번이나 수상했다.

윌리엄 어니스트 헨리 (Henley, William Ernest 1849~1903)

영국의 시인 · 비평가 · 편집자. 어렸을 때 결핵에 걸려 다리 하나를 절단했
다. 청년기에 큰 병이 들어 20여 개월 동안 병원에 입원한다. 이때 병원생활
에 대한 체험을 시로 써서 시인으로서 명성을 얻게 된다. '굴하지 않으리
(Invictus)' (1875)는 바로 이 시기에 발표된 시다. 그가 병에 시달리고 있던
1874년 로버트 루이스 스티븐슨을 알게 되어 오랫동안 깊은 우정을 나누게
된다. 스티븐슨의 소설 '보물섬(Treasure Island)'의 주인공 외다리 선장 존
실버는 그 모델이 바로 헨리였다고 한다. 만년에 오랜 친구였던 스티븐슨과
의 사이가 멀어지고 결혼 10년 만에 낳은 외동딸이 사망하는 등 우울한 여
생을 보냈다.

샬럿 브론테 (Charlott Bronte 1816~1855)

영국의 소설가이자 시인. '폭풍의 언덕'을 쓴 에밀리 브론테의 언니다. 원래
는 셋째 딸이었는데 두 언니가 일찍 죽는 바람에 브론테 세 자매의 맏이가 되
었다. 소녀 시절부터 분방한 상상력으로 독특한 기법의 글을 쓰기 시작했다.
1842년 브뤼셀의 여학교에 유학해 프랑스어 · 독일어를 배웠다. 정열적인 고
아 소녀를 주인공으로 한 '제인 에어(Jane Eyre)'가 출판되자마자 큰 평판을
얻었다. 아버지의 대리목사 니콜스와 결혼했으나 이듬해 결핵으로 사망했다